Axel Roques

INCIDENCE & CONFIDENCE

« Crois-tu qu'il t'aime ? »

Roman – Alertes Editions

Dédicace

« A ma tendre épouse et notre charmant petit garçon. Et au reste de notre famille qui, je l'espère, ne tardera pas à s'élargir… »

Axel Roques

VOLET I

« *Un être libre, c'est rare, mais tu le repères tout de suite, d'abord* *parce que tu te sens bien, très bien quand tu es avec lui.* »

Charles Bukowski – Nouveaux contes de la folie ordinaire

CHAPITRE I – Les portes intérieures du sas

Les portes intérieures du sas battent au passage d'un couple engourdi par le froid. Monsieur aide madame à retirer son manteau de fourrure brune et perlée par la neige. Il l'accroche ensuite à l'un des porte-manteaux jalonnant l'entrée et réalise la même opération pour son épais pardessus de loden. Il souffle machinalement dans le creux de ses mains afin de les réchauffer, s'empare de l'un des journaux mis à disposition et rejoint sa compagne à une table un peu à l'écart des autres. Il recouvre alors ses longues mains fines et les réchauffe à leur tour. Peu de temps s'écoule avant qu'un élégant serveur en livrée impeccable ne vienne prendre la commande : un *Melange* pour Monsieur et un thé Citron pour Madame. Il repart d'un pas altier sans que sa chevelure grisonnante ne trahisse réellement son âge. Le Standard titre sur le droit de vote supplémentaire accordé aux parents. Après tout, c'est peut-être une solution face au vieillissement de la population, pense-t-il alors. Il repousse rapidement les pages rébarbatives du journal et plonge ses yeux d'un bleu profond dans ceux de son épouse.

—Comment as-tu trouvé le récital ? lui demande-t-elle, d'une voix posée.

—C'était absolument magnifique chérie, magnifique…Andras a une fois de plus honoré sa réputation de meilleur pianiste du moment.

Elle reste pensive puis revient à la charge :

—Tu ne trouves pas qu'il manquait quelque chose tout de même ? Je ne sais pas vraiment quoi mais j'ai une impression d'inachevé.

—Mais enfin Nina, ne va pas chercher trop loin, trois rappels, ça ne te suffit pas ?

—Evidemment ! Mais j'ai le sentiment qu'on est un peu passé à côté. Bien sûr, Andras a été merveilleux et le cadre de la *Musikverein* est toujours aussi magique mais je n'ai pas été transportée comme d'habitude. Je n'ai pas frissonné une seule fois, comme si l'authenticité de la représentation était remise en question.

—Je ne sais pas Nina, tu étais certainement un peu perturbée par l'opération de ta mère, tu n'avais pas la tête à ça c'est tout.

—Tu as sans doute raison. J'en fais peut-être trop en ce moment. Entre Maman, l'organisation du récital et le concert de charité au profit de la lèpre, j'ai été un peu débordée…Vivement les vingt-cinq ans de Maximilian ce week-end. Ça va nous détendre un peu de faire la fête.

Elle se penche alors et pose sa tête dans le creux de l'épaule de Ferdinand. Attentionné, il lui caresse tendrement la nuque puis la masse doucement. Nina ferme les yeux quelques secondes et ralentit son souffle. Elle pense à leur séjour en Corse l'été dernier et revoit Ferdi lui faisant le même massage dans l'eau cristalline d'une crique perdue. Ses traits se détendent complètement, ses yeux se plissent imperceptiblement et un sourire apaisé illumine son visage. Suspendue aux aléas de sa rêverie, l'approche à pas de velours de l'élégant serveur la ramène doucement à la réalité viennoise.

Elle fronce les yeux comme un enfant qui se réveille et découvre l'univers qui l'entoure. Le café est bien rempli : quelques touristes américains dans un coin, discrets pour une fois, un groupe de retraités dans un autre, discrets comme d'habitude, un couple d'étudiants enflammés à l'entrée, pas très discrets malheureusement. A droite, un trentenaire à lunettes qui lit, prend des notes et tire sur une « parisienne », un écrivain sans doute. Quelle mauvaise manie ces écrivains ont-ils de fumer des cigarettes suisses qui se font passer pour françaises ? Et pourquoi garde-t-il son écharpe alors que l'amplitude thermique entre les rues viennoises et le café central atteint aujourd'hui facilement les trente degrés ? Que de questions sans réponse qui mettent un peu plus en doute la figure de l'intellectuel viennois du vingt-et-unième siècle.

Les allers et venues des serveurs hautement stylés sont discrètes elles aussi. Ils avancent à pas feutrés, dignement, sans bruit. Leur service est impeccable, ils ne dérogent jamais à leur code de conduite implicite : pas d'éclat mais de la classe, pas de sourire mais du respect. Dans la rue, à la sortie de leur service, on pourrait tout aussi bien les confondre avec quelque chef d'orchestre sortant à peine de représentation. N'est-ce d'ailleurs pas le cas ? Une question reste cependant sans réponse, que fait-on avant d'être serveur à Vienne et que devient-on après ?

La découverte de son entourage et ces quelques réflexions hâtives suffisent à lui remettre quelque peu les idées en place. Un sucre, deux coups de cuillère dans la rondelle de citron et une première gorgée de thé la remettent complètement d'aplomb.

Ferdinand, de son côté, avait repris malgré lui la lecture des titres du Standard. La restructuration du secteur bancaire allemand avait attiré son attention, étant lui-même dans la finance. Comme pas mal d'anciens de la *Wirtschaftsuniversität Wien*, il avait su profiter de ses contacts pour se faire une place au soleil dans le monde de la banque privée autrichienne. Vienne avait bien sûr perdu de son lustre et loin était le temps de l'empire austro-hongrois mais ici, il n'y avait pas eu de révolution et le Liechtenstein n'était pas loin. La gestion de fortune était donc toujours d'actualité. Ainsi donc, lisait-il, Deutsche Bank pourrait aisément se faire racheter par Citigroup. Il lève les yeux vers le petit groupe de quadras américains et se demande d'où ils pouvaient bien tenir leur superpuissance. Qui de l'Europe où des Etats-Unis étaient donc les plus forts ? A vrai dire, il ne connaissait pas les chiffres mais n'avait pas réellement envie de les connaître non plus. Les américains avaient-ils, de toute façon, d'autre alternative que de travailler ? La culture ne justifiait-elle pas quelques sacrifices ? Il abandonne le fil de sa pensée en pensant, à tort ou à raison, qu'américains et européens n'ont, quoiqu'il en coûte, pas vraiment le choix. Pas de culture aux Etats-Unis, moins de dynamisme en Europe. Car plus que d'argent il s'agissait bien du dynamisme, celui qui parvient à convaincre tous les pays du monde à prêter aveuglément aux Etats-Unis, quelle que soit la profondeur de ses déficits.

Nina achevant sa réflexion au même instant, leurs regards se croisent et ils partent d'un rire complice. Ils ne connaissent pas leurs pensées respectives mais savent qu'elles existent. Il la serre contre lui, pose un baiser sur sa joue et règle la note. Ils se lèvent, enfilent leur manteau et pardessus et franchissent de nouveau le sas du café Central. Ils le laissent semblable à leur arrivée mais en sortent empreints d'une joie intense.

CHAPITRE II – Les paupières lourdes

Les paupières lourdes, la main moite agrippée à la barre d'inox, Angelo lutte.

Son combat contre la fatigue est vain. Sa main glisse doucement le long de la barre et à chaque nouvelle glissade, il la remonte. A chaque remontée, l'effort est plus intense. Son corps lâche prise, ses pensées s'enlisent et s'éloignent. D'ailleurs, il ne pense plus à rien. Il veut dormir chez lui, en silence.

Ses oreilles bourdonnent d'un sifflement nasillard, des corps chauds le frôlent, le bousculent. Une grosse chaussure lui écrase le pied. Elle ne s'excuse pas et part au pas de course. Dégage ingrate !

Quelques gouttes de sueur perlent sur son front et une odeur âcre lui pique le nez. Aucun répit.

Un néon aveuglant clignote au rythme lancinant de sa migraine. Son cœur palpite et pulse des ondes sanguines tièdes dans sa caboche. Le sifflement nasillard poursuit ses ravages. Il cesse enfin. Son soulagement à peine perceptible est rompu par la fermeture brutale des portes, hostiles mâchoires métalliques. Saint-Lazare, plus que quelques stations encore.

Un regain d'espoir s'éveille en lui. Quelques pensées valables lui traversent l'esprit. —Ce doit être mon millième passage à Saint-Lazare et je ne sais même pas si c'était un vrai saint.

—Pourquoi le métro parisien n'est-il pas mieux aéré ? Même au plus profond de l'hiver, les suées y sont tellement fréquentes. Cette odeur âcre est-elle un musc d'aisselle ou plutôt une évaporation de pisse rance ?

Et puis enfin, la lumière au fond du tunnel :

—J'espère qu'il y aura quelques bonnes nanas ce soir. C'est de la folie de se pointer à une soirée sans savoir s'il y a quelques filles potables.

Abbesses et ça repart. Premier expulsé du métro, Angelo slalome entre les touristes hagards et les groupes d'adolescents débraillés. Ça s'achève à quel âge d'ailleurs l'adolescence ?

—Ce sont vraiment les derniers mois où je mets les pieds dans le métro. C'est le Tiers monde ici.

Dernier obstacle, l'ascenseur d'Abbesses et ses croisements de regards pesants.

—Où est la flamme au fond de vos yeux ? Pourquoi sortez-vous votre téléphone portable en permanence ?

Au fond, Angelo est heureux et sourit. Il ne regarde pas son portable, lui. Il l'a laissé sur sa table de chevet. Liberté ultime des temps modernes. Allez en enfer et laissez un message après le bip sonore.

Enfin la rue et une grande bouffée d'air frais ! Angelo reste un instant immobile : l'obscurité lui repose les yeux ; il emplit ses poumons. Le bien-être physique est un baume pour l'Esprit. La meilleure cure mentale est un grand verre d'eau claire bu à la montagne. Simplicité mais inaccessibilité. Dans une société intoxiquée au soda, un verre d'eau claire s'il vous plaît !

Allez, c'est parti ! La torpeur des minutes précédentes est loin. Angelo accélère le pas et grimpe quelques escaliers montmartrois en sifflotant. Ce quartier est décidément bien sympathique. Le relief topographique donne de la dimension aux idées. Pas forcément fier d'être français mais pas mécontent de ne pas être hollandais.

La nécessité du relief, n'est-ce pas la seconde préoccupation du peintre avec la couleur ? Retirez la couleur et la montagne Sainte-Victoire à Paul Cézanne et vous récupérerez un banquier terne et taciturne. Décidément tous les chemins ne se valent pas et le sens de l'orientation n'est pas inné. Rome se mérite.

Plus que quelques mètres. Angelo compose le code et des éclats de voix lui parviennent depuis la terrasse de Carole et Thomas. Ce soir, ils donnent une fête pour les trente ans de Carole et Angelo se réjouit à l'idée de retrouver ses amis et de découvrir de nouvelles têtes.

CHAPITRE III – Contrairement à ce qu'elle avait pu croire

Contrairement à ce qu'elle avait pu croire, l'espace de quelques hésitations, le récital d'Andras Schief avait été un réel succès. Il fallait remonter quelques années auparavant pour retrouver un triple rappel dans la grande salle de la *Musikverein*. En ce début de semaine, Nina était sans cesse sollicitée et recevait éloge sur éloge. Elle devait se plier aux exigeantes lois du succès. En tant qu'organisatrice du récital, elle se devait de jouer l'intermédiaire entre les critiques, dithyrambiques pour une fois, et le pianiste. Elle avait également pour tâche de capitaliser sur cet événement pour en promouvoir de nouveaux tout aussi incontournables. Rebondir, il fallait rebondir, c'est ce que n'arrêtait pas de lui répéter son chef et ami Jens. Elle le savait bien sûr et se sentait réconfortée d'être félicitée de toute part, elle qui avait tant douté avant la représentation et surtout après, lorsqu'elle s'en était confiée à Ferdinand. Elle avait peut-être eu tort de l'alerter aussi vite alors que le succès était assuré : faire venir le meilleur pianiste du moment dans l'une des plus belles salles du monde, n'était-ce pas, après tout, un jeu d'enfant ? Non, probablement pas. Les figures imposées recèlent souvent plus de pièges que les innovations improvisées. Car cela faisait un certain temps que le petit milieu viennois de la critique musicale l'attendait au tournant et elle s'en était très bien sortie. Tout en ressassant ses angoisses et satisfactions, elle ouvrit sa boîte mail et compulsa les fameuses critiques de son récital.

Internet était tout de même une sacrée invention. En un tour de main, elle avait à sa disposition l'ensemble des retombées du récital, tant par courrier que par article de presse. Celles-ci étaient très bonnes bien sûr et seul le vieux Dieter Hermann osait énoncer quelques reproches. Selon lui, la représentation manquait de cohérence et juxtaposer du Mozart avec du Beethoven brouillait l'esprit des mélomanes les plus avertis.

—Ce vieux Dieter ne sera jamais satisfait, pensa-t-elle, il aurait été capable de critiquer Mozart de son temps.

Laissant cette dernière critique de côté, elle se contenta de relire les autres une bonne partie de la journée. Elle avait la sensation du travail bien fait et sentait qu'une nouvelle page se tournait pour elle. Jens avait raison, il fallait aller de l'avant. Mais c'était plus facile à dire qu'à faire.

A cet instant, elle reçut une newsletter du *Lonely Planet* et ne put s'empêcher d'y jeter un rapide coup d'œil. Ce mois-ci, la lettre informatique du guide proposait un tour culturel en Italie et une escapade au Maroc.

Elle regarda songeuse les quelques images accompagnant le mail. Elle repensa à leur voyage de noces. Ils avaient sillonné l'Italie : Rome, Venise, Florence, Naples et une multitude de charmants petits villages. On attend généralement beaucoup de sa lune de miel et elle n'avait pas été déçue, comblée même. Le souvenir de leur voyage en Italie resterait gravé à jamais dans sa mémoire, inchangé, hors du temps, comme la plus simple et la plus belle manifestation du bonheur. Il est des époques magnifiques que l'on ne peut espérer revivre tant elles sont marquées du sceau de la perfection.

L'Italie était un peu son paradis perdu, y retourner eut été un sacrilège. Mais le Maroc lui était inconnu et elle se prit à rêver de soleil, d'arabesques et de fantasias. Elle n'avait jamais été en Afrique du Nord mais avait toujours été attirée par l'image qu'elle s'en faisait : le vent chaud venu du désert, le fourmillement des souks et des médinas, les enivrantes montagnes d'épices…Cette civilisation lui était étrangère mais elle était prête à partager son universalité. Elle ne voulait cependant pas passer à côté d'une telle expérience en confiant son destin aux mains de *tour operators* cupides. Elle ne voulait pas voyager et devoir endurer les remarques désobligeantes de ses pairs. Elle ne voulait pas de voyage express, à la japonaise. Elle était trop perfectionniste pour se contenter d'un cliché, d'un décor de cinéma. Elle était bien trop clairvoyante pour ne pas supporter le boniment d'un guide rôdé aux jeux de mots trop faciles et aux raccourcis culturels arrangeants. Elle voulait être prise dans le tourbillon de la vie marocaine, se faire bousculer sans ménagement, découvrir la réalité de ses habitants si dérangeante puisse-t-elle être. Elle était, avant tout, attirée par les mystères de la vie et non par la représentation du paradis artificiel.

Elle ne se l'avouait qu'à demi-mot mais elle avait un profond dégoût pour les troupeaux de touristes infantilisés. Il fallait les voir, ces consommateurs de loisirs, descendre de leur gros car climatisé et se rentrer les uns dans les autres, le nez dans le viseur de leur appareil photo. Pas même de bref tour d'horizon avant de commencer à photographier, incapables de comprendre les enjeux du milieu qu'ils pénètrent, incapables de dire « non » à la mascarade à laquelle on les fait participer.

Savoir dire « non » à ce que la société cherche à nous imposer est probablement la plus grande forme de liberté qu'il nous soit actuellement donnée d'exercer. Déléguer ce qui fonde notre originalité revient à annihiler notre liberté.

Mais le pire de notre société vient probablement du fait qu'une simple proposition se transforme instantanément en injonction péremptoire, tant le poids de la collectivité se fait ressentir.

La société telle que nous la vivons et l'entretenons est un compresseur d'originalité. Seule la rébellion peut sauver notre identité.

CHAPITRE IV – Angelo appuie sur le bouton de l'interphone

Angelo appuie sur le bouton de l'interphone. « Berger ». Très vite, une voix inconnue et braillarde l'invite à rejoindre les festivités du troisième étage. Pas d'ascenseur dans ce vieil immeuble du dix-huitième arrondissement ; Angelo grimpe les marches quatre à quatre comme à son habitude. Il fait enfin son apparition dans l'appartement de Carole et Thomas.

Il était déjà venu une fois. Mais en petit comité et l'appartement était méconnaissable. Une bonne trentaine de convives meublent les soixante mètres carrés du jeune couple tant et si bien qu'il a du mal à se frayer un passage du vestibule au salon. L'atmosphère est plus qu'enfumée : la bise hivernale et la peur d'alerter trop vite le voisinage d'une opportunité de plainte pour tapage nocturne avaient poussé les hôtes à imposer la fermeture des fenêtres. Bien que non-fumeurs, Carole et Thomas ont accepté la cigarette et une dizaine d'invités fument bon train.

Fumeur mondain, Angelo se réjouit par avance de cette dérogation.

Carole vient enfin le saluer. Elle est petite, blonde et plutôt mignonne. Angelo en sait quelque chose car elle a été l'une de ses premières petites amies. Sa première « ex » en fait, si l'on considère que les « ex » sont les flirts qui comptent. Ils étaient restés six mois ensemble et Angelo avait même perdu sa virginité avec elle. Pour Carole, ce n'était apparemment pas la première fois.

Étonnamment, à chaque fois qu'il la retrouvait, Angelo repensait à cela. Pas forcément à l'acte physique, mais plutôt au statut particulier que ce passé commun conférait à Carole. Elle était le témoin vivant de son passage à l'état d'homme. La naissance donne la vie aux enfants ; leur dépucelage les transforme définitivement en hommes.

Moment saisissant pour Angelo qui s'était, pour la première fois, senti confronté à sa condition d'homme mortel. Dans le cours de son existence répétitive, cet instant s'était imposé à lui comme la preuve indubitable de sa finitude. Il savait qu'il lui était impossible, interdit de revivre cette première fois. Il savait aussi que chaque prochaine fois, il repenserait au chemin parcouru depuis. Que l'on ne pouvait pas revenir sur ses pas, seulement se retourner pour dévisager le passé.

Il ne retraçait pas à chaque fois le fil de cette pensée, mais une angoisse fugitive le parcourait toujours. Il en reconnaissait l'origine. Elle agissait comme une injonction à vivre.

—Angelo, ça me fait plaisir de te voir ! Ça fait bien longtemps, dis-moi ! Allez, pose ton manteau et va donc te servir un verre. J'ai plein de monde à te présenter.

Angelo est célibataire. C'est une condition impérative à sa liberté. Se mettre en couple lui aurait semblé insupportable. Il aurait eu l'impression de s'aliéner. Quand on ne connaît pas ses aspirations réelles, que l'on est en pleine recherche de soi, s'investir dans une relation à deux est impossible. Comment entretenir une relation stable tant que son existence est égrenée de tentatives et de projections ? Angelo préfère garder le champ des possibles ouvert quitte à souffrir, parfois, d'une certaine solitude.

Heureusement à vingt-quatre ans, on n'est jamais réellement seul. Entre les cafés à la sortie de la fac, la colocation, les fêtes à répétition ou les vacances en bande, Angelo vit plus en communauté qu'en ermite reclus. Et puis, quand ils font leur descente hebdomadaire en boîte, Angelo et sa bande d'affreux passent plus pour une meute de coyotes que des vieux loups solitaires. Il a beau être célibataire, il reste avant tout un prédateur en pleine force de l'âge. Et son instinct carnassier, caché derrière son regard d'ange, lui assure quelques bonnes proies.

Carole s'approche de lui, accompagné d'une jolie brune. Plutôt grande, les yeux verts et les cheveux lâchés assez longs. Elle porte un jean bien serré et une petite veste bleu marine cintrée très à la mode.

—Tiens, je te présente Clara. C'est une bonne copine d'université. On est en master II ensemble et on s'est rencontrées lors du ski club l'année dernière. Bon, je vous laisse faire connaissance…

—Salut. Angelo. Je suis un vieil ami de Carole.

—Ah oui, je n'avais jamais entendu parler de toi, tu l'as connue comment ?

—En fait, on est des amis de vacances de Bretagne et il y a quelques années, j'étais sorti avec elle. On est restés amis. Et toi alors, ça te plaît Dauphine ?

—Oui, c'est trop bien. Il y a une super ambiance, surtout à partir du master I où tout le monde commence à se connaître et où l'on passe pas mal de temps dans les « assoces ». En plus c'est une super formation et je pense que ça ouvre pas mal de portes. Enfin on verra. Là, je commence à chercher mon stage de fin d'année.

—Ah ! tu cherches dans quoi alors ?

—Les cosmétiques, j'aimerais bien faire du marketing plus tard.

Angelo encaisse cette dernière réponse avec une invisible déception. Il trouvait cela toujours un peu triste de voir une si jolie jeune fille se lancer tête baissée dans l'univers merveilleux de la cosmétique grande consommation. Malgré lui, il trouvait cela d'une banalité affligeante. Le conformisme de la situation le met mal à l'aise. « Clara, jolie parisienne de vingt-cinq ans voulait rejoindre un grand groupe de cosmétique après sa maîtrise brillamment réussie de sciences et gestion.... ». Angelo était ambitieux, fantasque, romantique et il n'aimait pas voir son entourage remplir les cases que la société leur avait allouées.

Angelo n'était ni rétrograde, ni anticapitaliste : ce n'était pas le fait qu'une jolie fille puisse vouloir travailler dans un grand groupe qui l'indisposait. Il abhorrait juste le conformisme. Pourquoi tant d'obéissance, pourquoi courber l'échine ? Pourquoi ne pas regarder loin devant soi ? Pourquoi ne pas s'exposer au risque de l'inconnu ? Pourquoi ne pas déjouer les pronostics ?

Il aurait largement préféré que Clara lui parle d'un pays étranger, d'un milieu hostile à l'étudiante dauphinoise, d'une passion. Il aurait presque préféré qu'elle lui parle de contrôle de gestion dans un groupe automobile ; en tout cas d'une ambition inattendue.

Il répond pourtant, sans se trahir :

—Ah c'est top ! Tu vas trouver c'est sûr ! Je ne me fais pas de souci, avec ton profil...

Clara ne décèle pas le discours forcé d'Angelo et reprend :

—Merci ! j'espère oui. C'est vrai que j'ai mis pas mal de chances de mon côté. Et toi, tu fais quoi alors ?

—Je suis en dernière année de fac d'histoire et j'étudie la période napoléonienne. Mais bon, je ne veux pas être prof d'histoire. J'aimerais continuer en journalisme.

—Whaou, c'est super original !!

C'était ce genre de réaction qui désarmait le plus Angelo. Où est l'originalité de faire ce que l'on aime ? Il est bien plus étrange d'accepter de suivre la société les yeux fermés et de se contenter d'une position honorable, certes, mais standardisée et interchangeable.

A vrai dire, la réaction de Clara avait néanmoins flatté son ego. Son enthousiasme mettait Angelo en valeur et le rendait exceptionnel, hors norme. Justement ce à quoi il aspirait. Il avait toujours nourri de grandes ambitions. L'Histoire le faisait vibrer. Adolescent, il s'était mis à dévorer les biographies de grands hommes. A commencer par celle de Winston Churchill, puis Paul Cézanne et Napoléon. Il était fasciné par la densité de la vie de ces grands hommes. Sans cesse en rupture avec la normalité de leur époque. Sans recherche de compromis arrangeants avec leurs pairs. Sans attente de confort bourgeois. Ils avaient tracé leur sillon profondément et pour longtemps. Ils avaient rallié à force de volonté et par leur charisme. Ils avaient transcendé les règles du jeu social devenues désuètes après leur passage.

Angelo se sentait appelé par un tel destin. Évidemment il ne serait pas Napoléon ou Churchill. La trajectoire de leur destin était d'ailleurs profondément due à des contextes historiques uniques. Situations grandioses desquelles ont émergé des hommes monumentaux. De grands chênes ayant planté leurs racines dans l'histoire de l'Humanité. Angelo avait une conscience aigüe de l'histoire et il ne voulait pas quitter ce monde sans en avoir écrit quelques pages. En attendant, il avait dû se résoudre à la lire.

Il répond faussement modeste :

—Oh, ce n'est pas si original et puis, pour l'instant, je n'ai pas encore les résultats des concours de journalisme.

Il renvoie la balle, conscient que la conversation allait s'enfoncer irrémédiablement :

—Et toi tu voudrais travailler dans quoi en cosmétique ? Parfums, crèmes, maquillage ?

Clara se met à décrire en détail la dynamique du marché des cosmétiques en France. Avant, il fallait travailler dans les shampoings en grande distribution mais maintenant, ce qui marchait le mieux c'était les crèmes pour hommes. C'est ce qu'elle voulait faire durant son stage. Idéalement en se faisant embaucher par la suite.

Pour Angelo, il était difficile d'envisager sujet de conversation plus creux. Il ne mettait pas de crème et achetait toujours du shampoing premier prix. Il regretta que cette brune si attirante soit en réalité une « erreur de casting ». Physiquement, il serait bien allé plus loin avec elle mais l'effort à produire l'effrayait.

Heureusement, une amie de Clara arrive et les interrompt. Après quelques secondes de politesse, Angelo s'éclipse pour aller se servir un verre. Au milieu des cendriers improvisés, il trouve un gobelet en plastique blanc, presque propre. Il le remplit au tiers de Jack Daniel's et complète avec du Coca. Pas de glaçons à portée de main. Il porte le verre tiède à ses lèvres.

Indubitablement, le Jack Daniel's est une référence. Loin devant le Clan Campbell et le Johnny Walker. Angelo aime particulièrement son arrière-goût de cuir tanné : une assurance de virilité.

En plus, consommé avec régularité et sans mélange exotique, une soirée au Jack Daniel's laisse généralement peu de séquelles. C'est une valeur sûre et Angelo bénit intérieurement la bonne âme qui avait apporté le précieux flacon.

Le coup d'épaule d'un barbu venu se servir une vodka pomme le tira de ses pensées spiritueuses et il partit en piste.

Quelques heures plus tard, après une quarantaine de titres, douze cigarettes, huit verres de « Jack Coke » et cinq tentatives avortées d'embrasser la même fille, Angelo part sur un coup de tête. Il ne prend pas la peine de remercier Carole et Thomas, occupés à ramasser les débris d'une bouteille de Malibu en cuisine.

Une fois dehors, il erre vingt bonnes minutes avant de trouver un taxi libre qui accepte de le prendre. Trouver un taxi libre le samedi soir à Paris est une chance. Qu'il accepte de vous conduire est un miracle.

Les échanges chauffeur-passager furent épurés :
—17 rue Rouelle dans le quinzième;
—Vingt-cinq euros ; une portière qui claque.

Quatre étages plus haut, Angelo s'affale sur son lit. Il n'est pas alcoolique mais comme les étudiants de sa génération il arrose beaucoup ses soirées.

—Mais comment Churchill faisait-il pour dormir quatre heures par nuit après une dizaine de scotch sodas ?

CHAPITRE V – Infidèles à leur habitude

Infidèles à leur habitude de se réveiller tôt, Nina et Ferdinand sortirent du lit vers onze heures du matin.

Il faut dire que la nuit avait été courte et agitée. Fêter les vingt-cinq ans de son fils est une occasion particulière, surtout quand il est unique. Nina et Ferdinand avaient été à la hauteur et le quart de siècle de Maximilian célébré dignement.

Ils avaient loué une belle salle dans le premier arrondissement de Vienne, pas loin du Burgring, et invité deux-cents personnes. Le cercle élargi des amis de lycée et d'université de Maximilian bien sûr, mais aussi la famille et, pour joindre l'utile à l'agréable, ils avaient rendu pas mal d'invitations auprès de leurs amis propres.

La soirée avait été un succès. Pas facile, pourtant, de faire cohabiter plusieurs générations dans une seule fête. Nina et Ferdinand avaient heureusement eu le souci de trouver un lieu disposant de deux salles suffisamment séparées pour envisager une telle cohabitation.

Lors du cocktail de début de soirée, jeunes et seniors avaient agréablement partagé la même salle et le même buffet. Mais chaque génération éprouva ensuite le besoin de s'isoler afin de déployer réellement son esprit festif. Il faut bien avouer que leurs préoccupations étaient bien différentes : spiritueux et baisers passionnés pour les plus jeunes contre champagne et mondanités pour les anciens.

Les parents de Maximilian étaient pourtant d'une génération moderne qui avait grandi et vécu dans un monde moderne. Ils maîtrisaient Internet et avaient même intégré le réseau social Facebook. Ils avaient fumé des joints et n'allaient plus tous les dimanches à la messe. Malgré ces points de convergence structurants, un profond fossé persistait entre les deux générations. Au-delà même de leur contexte historique, leurs expériences humaines fondatrices accumulées diffèrent : responsabilité parentale et position sociale pour les quinquagénaires contre instabilité sentimentale et transition étudiante pour les moins de trente ans.

Pourtant, le fossé était déjà moins large qu'à l'adolescence de Maximilian, époque durant laquelle il n'aurait jamais toléré que ses géniteurs ne rencontrent aucune de ses fréquentations. La honte réciproque aurait été trop insupportable.

Dans quelques années probablement, il se rendrait compte de l'absurdité de cette ségrégation. Mais cette prise de conscience arrive souvent trop tard : des emplois du temps incompatibles ou un cancer mal diagnostiqué ont si souvent raison du rapprochement désiré.

Cette soirée donnée par ses parents en son honneur éveilla en Maximilian une volonté naissante de retrouver une forme d'intimité avec eux. Après tout, ces deux adultes l'aimaient peut-être.

CHAPITRE VI – Attablé à un petit bureau

Attablé à un petit bureau, Angelo faisait machinalement tourner son stylo. Après une pirouette rapide, le stylo revenait dans sa position initiale et le pouce d'Angelo le propulsait pour une énième figure acrobatique. Cela faisait bien vingt minutes qu'il n'avait rien écrit.

Le dernier semestre de maîtrise d'histoire consiste à écrire un mémoire de recherche. Il s'agit de choisir puis de traiter un sujet historique inédit s'inscrivant dans la thématique de spécialisation de l'étudiant. Pour Angelo, l'époque napoléonienne en l'occurrence. Il avait choisi de traiter le sujet suivant : « les cent jours de Napoléon ont-ils été une parenthèse de l'Histoire de France ou une période de transition politique ? ».

Son choix s'était porté sur cette période pour deux raisons principales :

—La période des cent jours couvrait, par définition, un intervalle de temps restreint, ce qui, d'une certaine manière, permettait de circonscrire le débat.

—La chute de Napoléon le passionnait. En si peu de temps, l'empereur français avait été déchu après avoir connu Gloire et Splendeur, après avoir galvanisé le peuple français autour d'un idéal commun, après avoir posé les fondements de la République moderne.

Son stylo virevolta de nouveau et tomba par terre. Cette autre chute le ramena à la réalité.

Il était assis sur une petite chaise en bois des Archives Nationales, attablé à l'écart des autres chercheurs. Une petite lampe de bureau lui permettait de lire la copie d'une lettre de l'épouse du Maréchal Ney à son mari. Cette lettre l'avait plongé dans une rêverie profonde. Ces personnages de l'histoire avaient réellement existé et il ne s'agissait pas d'une quelconque fiction fantaisiste. Ils avaient espéré puis souffert, s'étaient aimés puis avaient été séparés. Ils s'étaient ensuite retrouvés mais, le 7 décembre 1815, place de l'Observatoire à Paris, Michel Ney, « le brave des braves », avait été fusillé pour être resté fidèle à son empereur. Enfin, c'était la version retenue par l'Histoire car une petite communauté d'historiens soutenait que le maréchal avait pu être exfiltré vers les Etats-Unis où il aurait achevé sa vie plusieurs décennies plus tard.

Le simple fait de pouvoir apposer une date sur ces événements le fascinait. Cela avait eu lieu sur notre planète, et même tout près, ici, en France. En cet instant, il partageait l'intimité de deux des protagonistes majeurs, il revivait avec eux ces heures dramatiques. Il aimait ces instants de complicité avec la grandeur historique mais détestait ressortir du bâtiment des Archives Nationales.

C'était un peu comme sortir du cinéma et aller manger un kebab après avoir regardé Bruce Willis sauver le monde. Il était toujours bien difficile de replonger dans le quotidien plat et médiocre après avoir vécu des instants d'une telle intensité. Heureusement que, parfois, le kebab était bon.

Lorsqu'il était immergé dans un événement historique, Angelo se sentait courageux, prêt à braver tout danger. Il sentait son pouls battre et marchait dans la rue avec fierté. Il rayonnait et dégageait un pouvoir de séduction solaire. Alors, n'importe quelle femme était violemment attirée à lui. Cette sensation était fugace, mais pour l'avoir ressentie plusieurs fois, Angelo avançait dans la vie, sûr de son destin.

Mais il ne s'y méprenait guère : L'Histoire ne repasse pas les plats et seuls certains événements présents peuvent espérer rejoindre un jour les chroniques héroïques du passé. A la fin de ses études à la Sorbonne, il passerait à l'action et deviendrait reporter. Il sillonnerait le monde et se mettrait en danger. Il ferait fi de l'idiote et légendaire impartialité du journaliste et prendrait part à l'action pour peser sur le monde. N'était-ce pas là le trépidant parcours de Sir Winston Churchill ? Ne s'était-il pas mis en mouvement dès son plus jeune âge pour couvrir la guerre des Boers ou pour intervenir à Cuba ?

Sous prétexte de rapporter les nouvelles du monde, Churchill était devenu l'un des architectes les plus géniaux et respectés du vingtième siècle. Chapeau bas au rouquin britannique !! Rouquin comme l'ami Ney s'il en est.

Regonflé de tant d'ambition, Angelo plia bagage sans avoir écrit plus de trois pages. Il salua la jeune documentaliste et reçut un sourire en retour. A peine sorti de l'enceinte des Archives Nationales, il bifurqua dans une petite rue et rejoint le coin des restaurants japonais.

—Une salade d'algue, un Katsudon et une Asahi s'il vous plaît.

Ses réflexions prometteuses lui avaient ouvert l'appétit et il ne s'agissait pas de mollir. Il aimait bien ces petits traiteurs japonais qui s'étaient installés en masse dans le quartier. Les plats étaient relativement bons et copieux. « Ca faisait le boulot », comme il se plaisait à dire à ses amis. En plus, les serveurs avaient la délicatesse d'être rapides, sans être zélés et ils ne vous regardaient pas avec des yeux de chiens battus en fin de service pour grappiller un pourboire. Il semblait entendu que le prix affiché était « service compris » et cela permettait de s'en sortir honorablement et de bonne humeur.

On était, en fait, à mille lieux du médiocre service d'un croque-madame en brasserie parisienne. Le garçon devenait généralement de plus en plus désagréable selon un crescendo savamment orchestré. Il marquait souvent son premier mécontentement en découvrant que le client ne consommerait ni vin, ni eau pétillante mais une simple carafe d'eau du robinet. Cet affront était alors suffisant pour déchaîner sa haine. S'en suivaient généralement un oubli volontaire des condiments, le déplacement de la table vers un coin plus resserré, subtilement justifié par l'arrivée de nouveaux hôtes, et la pratique de l'œil crevé. Cette dernière consistait à ignorer toute tentative de sollicitation par le client souhaitant accélérer la cadence du service et se tirer d'une si mauvaise passe. Certains pessimistes allaient même jusqu'à se figurer le serveur s'allégeant d'un glaviot dans la béarnaise.

La commande additionnelle d'un express ne permettait que très rarement d'adoucir le garçon machiavélique. Laisser un pourboire généreux était alors l'unique moyen de sauver cette relation houleuse et de se voir gratifier d'un « A bientôt » satisfait. Angelo en venait parfois à se demander si le métier de garçon de café n'était pas une école de formation pour futurs chauffeurs de taxi.

Afin de s'éviter ce type de désagrément trop fréquemment, Angelo avait deux parades. La première était évidemment d'aller déjeuner chez des restaurateurs de mœurs plus civilisées comme ses amis japonais. La seconde permettait de varier les menus en s'installant au comptoir d'une brasserie. Autant se faire servir assis relevait de l'abnégation, autant se faire servir au comptoir par le barman pouvait passer pour agréable. A condition, bien sûr, d'être en bonne forme physique et pas trop carré des épaules. Cloîtré, toute la journée durant, derrière son zinc, le barman était volontiers aimable voire boute-en-train. Ils n'hésitaient pas à relire avec vous les faits-divers du *Parisien,* à commenter le match de foot de la veille ou vous glisser quelques grivoiseries dans le creux de l'oreille. Angelo aimait bien les barmen.

CHAPITRE VII – Ferdinand vise consciencieusement le rebord droit de l'urinoir

Ferdinand vise consciencieusement le rebord droit de l'urinoir. Viser au centre était le meilleur moyen de se faire éclabousser alors que viser de côté permettait d'amortir le jet et de rester sec. Il fallait juste ne pas trop laisser flâner ses pensées sous peine d'être vite rappelé à l'ordre. Une fois les dernières gouttes passées, Ferdinand referme sa braguette et se poste derrière le lavabo.

Il ouvre les robinets d'eau chaude et froide et dose leur mélange afin de composer une eau d'une tiédeur inégalée. Il humecte alors délicatement ses mains. Tranquillement, il presse sur le distributeur de savon liquide et en dépose une noisette dans chaque paume. Il entreprend alors de frotter ses mains vigoureusement entre elles, dans chaque repli. Après s'être abondamment rincé, il se sert d'une plus petite dose de savon et réitère l'opération dans le plus grand calme. Il peut alors passer à l'opération du séchage, grandement facilitée depuis l'installation du dernier sécheur à main Dyson. Avec sa puissance digne des meilleurs sèche-cheveux, cet appareil avait révolutionné le séchage de mains. Le temps passé est probablement divisé par trois ou quatre et la qualité du séchage est impeccable. Pas une trace d'humidité entre les doigts, ce qui permet d'aborder le plus sereinement du monde la saisie de la poignée de porte.

Il pense avec satisfaction que prendre le temps de se laver les mains de fond en comble est un luxe qu'il n'abandonnerait pour rien au monde. Cela signifie que l'environnement extérieur ne le bouscule pas à mauvais escient et qu'il a une maîtrise forte de son emploi du temps. Ce n'est pas la course. Il n'est pas sous pression. Il n'a pas de chef hystérique le pressant de terminer au plus vite une tâche ingrate. Prendre le temps d'uriner et prendre, ensuite, le temps de se laver les mains est pour lui une manifestation primaire de sa liberté. Il n'en avait jamais parlé à personne mais plus il avançait dans la vie et plus il en prenait conscience.

Il regagne son bureau d'un pas calme traversant un couloir lambrissé. Il s'enfonce dans un fauteuil en cuir terre de sienne, pivote d'un quart de tour et saisit le FT.

Ferdinand travaillait en *asset management* depuis toujours. Son travail consistait à investir l'argent des autres, et le sien, au sein d'une structure discrète, ancienne agence de change reconvertie en *family office*. Cette occupation était très enrichissante. Il s'agissait de se tenir au courant des évolutions macroéconomiques majeures, des grandes tendances de fond et de prendre des positions significatives sur des marchés en croissance rentable. L'optique d'investissement de son fonds était avant tout le long terme. L'objectif était de permettre à des familles fortunées de le rester. Et si elles augmentaient très fortement leurs avoirs, c'était encore mieux.

Son éducation, son réseau et ses revues de presse quotidiennes permettaient à Ferdinand de bien faire son travail et ses clients étaient très satisfaits. Généralement, il ne les voyait que deux fois par an pour leur annoncer que leur capital se portait à merveille et prospérait. Tous les dix ans, une crise économique grave lui valait de nombreux coups de fil effrayés et il se devait, durant cette période troublée, de faire preuve de flegme et de capacité de persuasion.

—Vous savez Herr Doktor Jägermeister, chaque crise est une opportunité à saisir pour qui sait dégager les moyens adéquats. N'oubliez pas que Darren Muppet a construit la seconde fortune mondiale en investissant au creux de la crise.

Généralement ses clients avaient les reins solides et sortaient grandis de la crise. C'était alors l'occasion pour lui de jouir de plusieurs années de répit bien mérité.

Ferdinand adorait sa revue de presse quotidienne. Arrivé vers neuf heures au bureau, il ne s'y mettait réellement qu'après un café et son passage au cabinet. A 9h30, il commençait à regarder la tendance matinale des marchés européens ainsi que la clôture des places asiatiques. Une fois les principales variations observées, il se lançait à corps perdu dans la lecture de la presse économique et financière. Ce moment était le plus délicieux de la journée. Il passait d'un thème à l'autre avec avidité et aisance, il dévorait autant les articles de fonds que les brèves chiffrées. Il descendait rapidement le carnet des nominations pour y retrouver certaines connaissances et ne pas manquer de les féliciter en début d'après-midi. Parfois, pour éviter la saturation d'informations économiques, il faisait une courte transition par la rubrique des faits divers ou la section des affaires étrangères. Rarement, il arrivait à lire les pages littéraires et jamais les pages sport. Mais dès que cette pause intellectuelle avait duré plus de dix minutes, il repartait sur la trace des grandes tendances économiques. Il essorait la presse, muni de son stylo à bille rouge et gribouillant les entrefilets intéressants, annonciateurs de positions juteuses. Vers midi, il sortait exténué de ce corps à corps avec l'information financière et sortait déjeuner sur le Ring. Il retrouvait généralement des amis banquiers, vieilles connaissances du milieu avec lesquelles il pouvait échanger ses vues.

Ferdinand est riche et sa motivation n'est pas l'argent. Sa passion de l'investissement réside avant tout dans la satisfaction de prendre les meilleures décisions dans un univers incertain et mouvant. Son succès est directement quantifiable par le montant des gains qu'il génère. Il a la passion de comprendre les nouveaux modèles économiques, de décrypter les grandes tendances et de prévoir leur renversement. L'argent n'est que l'outil de mesure de ce violon d'Ingres.

Sa nouvelle stratégie d'investissement pouvait être comparée, selon lui, à une fusée à trois étages. Chaque étage avait la capacité de propulser la performance de ses investissements encore plus haut.

Le premier étage de la fusée était l'allocation des actifs par nature : la conjoncture était-elle plutôt propice aux actions, aux obligations, au monétaire, aux matières premières ou aux liquidités ? Savoir surfer les bonnes vagues était la base du métier pour empocher les gains en haut de cycle et réinvestir tout en bas. Une allocation réussie ne demandait pas forcément de grand talent mais faisait montre de maîtrise et de sang-froid. Il s'agissait de donner de très gros coups de barre au bon moment et de savoir prendre la décision de céder un portefeuille complet en une semaine ou deux. Ces mouvements étaient respectés dans le métier.

Le deuxième étage de la fusée consistait à investir dans des titres très volatils en sortie de crise pour bénéficier au maximum de leur retour à meilleure fortune. Il s'agissait de bien savoir quantifier le risque et le répartir sur des actifs suffisamment diversifiés pour ne pas se retrouver le bec dans l'eau. En quelques mois, les gains ou les pertes pouvaient être considérables. Mais avec une analyse économique fine, les gains l'emportaient souvent.

Enfin, le troisième et dernier étage de la fusée consistait à céder les positions précédentes une fois la reprise amorcée et réallouer progressivement les actifs vers des parts d'entreprises en croissance longue et rentable. Il s'agissait bien là d'investir dans des groupes en développement solide et pérenne susceptibles de créer plus de valeur que le marché sur longue période. Il retombait alors dans une stratégie très « Darren Muppet ». Il n'avait pas eu besoin de se payer un dîner à trois millions de dollars avec le gourou pour en arriver là. Seule l'expérience et l'apprentissage l'avaient conduit à élaborer cet engin spatial de pointe.

Son école de pensée était plutôt classique : il considérait que quelques grandes décisions structurantes permettaient de tirer le meilleur profit des marchés financiers. Certains mois, il ne passait que quelques ordres en bourse.

Elle était à l'extrême opposée des pratiques de « trading » dont le succès dépendait de la meilleure exploitation des variations court-terme des cotations. Chaque trader pouvait passer des centaines voire des milliers d'ordres par jour. Un ami trader à Hong-Kong ne lui avait-il pas expliqué que sa banque allait investir dans un réseau de fibre optique pour gagner quelques millisecondes sur le temps de réalisation des transactions.

Cela l'avait laissé bouche-bée. La technique et l'appât du gain hypothèquent bien sérieusement la destinée des entreprises et des pays. Et ce pour que quelques milliers de traders touchent quelques millions de dollars par an. Le modèle atteint sa limite quand les plus gros producteurs d'argent ne produisent pas de valeur.

Récemment, un thème d'investissement avait fait florès : l'effet rareté. Il s'agissait d'investir à bon prix sur des actifs rares comme certaines matières premières minérales ou végétales. Régulièrement, guerres ou intempéries donnaient un coup de chaud aux marchés et les cours s'envolaient. Vite prendre ses bénéfices et réinvestir dans un actif moins tendu. Le commerce de la pénurie était rentable et Ferdinand y avait goûté avec succès plusieurs fois. Il ne faisait pas le rapprochement entre le renchérissement des céréales ou du sucre et un accroissement de la pauvreté de certaines populations ou une quelconque accélération du réchauffement de la planète.

Son univers d'investissement était bien plus étriqué que les enjeux démographiques et climatiques mondiaux et il les laissait par conséquent de côté. Après tout, c'était la société financière dans son ensemble qui était cynique, pas lui. Il avait lui aussi besoin de nourrir les siens et il y arrivait très bien. De nombreux financiers gagnaient bien plus que lui avec beaucoup moins d'éthique. Chacun son effet de levier…

CHAPITRE VIII – Angelo enfile son jean Diesel

Angelo enfile son jean Diesel et sa chemise métallo noir des grands jours.

Ce soir, il a une « date » et a réservé dans un petit restaurant italien trouvé dans le dernier guide du *Fooding*. Il a rencontré Charline après ses cours de fac lors d'un verre au Lutèce avec les étudiants de leur TD d'Histoire. Charline est timide mais plutôt jolie de sa personne. Rien à voir avec un mannequin ukrainien certes, mais elle a suffisamment de charme pour exciter Angelo et de réserve pour ne pas l'intimider.

Il a pris son numéro de téléphone et par texto, lui a proposé de passer la soirée ensemble. A sa grande joie, elle a accepté.

Angelo claque la porte et dévale les escaliers. Arrivé au pied de l'immeuble, il se rend compte qu'il a oublié de se parfumer et remonte les marches quatre à quatre. Impensable de partir en rendez-vous galant sans eau de toilette. La séduction repose plus sur la sollicitation des sens que sur de simples affinités intellectuelles.

—Il s'agit d'attiser le désir plus que de contenter la curiosité, pense-t-il.

Il vaporise trois pressions du dernier « Rafale » de Brumelli et repart aussitôt.

Le restaurant est parfait. Une trentaine de couverts grand maximum, un personnel haut en couleur, probablement immigrés de la première ou de la seconde génération. Le serveur l'installe à une petite table dans le fond de la salle, malheureusement proche des cuisines. Avec un accent italien authentique bien que légèrement forcé, celui-ci lui propose un apéritif. Va pour un Martini Bianco.

Angelo, tourne la tête et observe la clientèle environnante. Plusieurs hommes seuls, probablement en attente de leur « date » du soir. Quelques couples déjà installés, à table et dans la vie. Et une grande tablée de touristes américains pour lesquels la gastronomie italienne doit être plus rassurante que la française. Sur chaque table trône une bouteille de vin et d'eau « frizzante ». Le décor est en place ; reste à trouver le bon jeu d'acteur.

—Dois-je me lever pour l'accueillir ? Comment puis-je lui manifester mon plaisir de la revoir ?

—*Chaleureux* : je me lève, lui fait une bise appuyée et lui indique sa chaise, une main sur le bras ;

—*Décontracté* : je me lève à moitié et lui propose de s'asseoir en face de moi ;

—*Avenant et cool :* je vais l'attendre sur le trottoir, une clope au bec ;

En pleine hésitation sur la forme de son accueil, Angelo n'aperçoit pas Charline rentrer. Elle le voit et sans laisser au serveur le loisir de la guider, s'avance vers lui, d'un pas assuré. Ce sera finalement un accueil mi-chaleureux, mi-décontracté.

Peu rôdé à l'exercice de la « date », Angelo lui demande si elle a trouvé le restaurant facilement ? Bien que peu percutante, cette accroche a le mérite de bien prendre. Charline a pris soin de regarder un plan avant de partir et connait bien le quartier car elle y vient souvent faire des courses avec des copines. En revanche, elle n'est jamais venue dîner dans ce restaurant et est ravie de le découvrir ce soir. Angelo lui explique alors qu'il a trouvé cette adresse grâce à la nouvelle application du guide du *Fooding*. Il cherchait une bonne adresse dans le quartier et le descriptif du guide lui a plu. Il se garde bien d'ajouter que l'adresse se distingue pour être l'un des meilleurs rapports qualité / prix du sixième arrondissement. Il est un peu à sec en ce moment.

Cette introduction achevée, il la lance sur la fac d'histoire et sur les étudiants du TD.

Elle avoue ne pas connaître grand monde car elle ne s'est pas beaucoup investie dans de nouvelles amitiés à la fac et a surtout gardé contact avec son groupe d'amies du lycée. Les cours, optionnels et à horaires variables, ne favorisent pas l'approfondissement de nouvelles relations. La filière Histoire laisse, de plus, peu de place aux travaux de groupe et valorise plutôt les travaux de recherche personnelle. En conclusion, elle ne vient qu'aux cours importants mais ne participe pas à la vie de la faculté. Elle veut devenir archéologue et partir faire des fouilles sur site. Elle n'est pas du tout intéressée par les associations politisées de la fac, ni par les réunions au sommet dans les bistrots du quartier latin. A vrai dire, c'était un peu un hasard si elle était passée prendre un verre l'autre soir. Elle avait un dîner de copines à suivre dans le quartier et était venue au Lutèce pour ne pas attendre seule dans le froid.

Angelo se félicite d'avoir su sauter sur l'occasion. Elle n'est pas facile à rencontrer ! Il faut dire qu'il a raté tant d'occasions dans sa carrière de Dom Juan, qu'il n'hésite plus à proposer aux filles de les revoir seules. Après tant d'échecs et de temps perdu, il a laissé ses hésitations au vestiaire. Certaines refusent, d'autres acceptent. Charline porte un pantalon stretch noir, une veste courte et un chemisier blanc cintré qui met en valeur ses formes. Angelo peut deviner une jolie poitrine fraîche. Sa chevelure blonde et ondulée est assez plaisante.

Au moment du premier blanc, le serveur s'approche opportunément avec trois cartes. Il propose celle des vins à Angelo. Il choisit assez sereinement un vin sicilien, plus précisément un *Insolia* des frères Cusumano. Il apprécie ce cépage endémique à l'île italienne dont la presse extrait un vin sec aux reflets dorés. Léger, frais mais ensoleillé et puissant. Il avait eu l'occasion de goûter ce vin délicieux lors d'un voyage culturel en Italie. *Sur les traces de la Rome antique.*

Peu portée sur l'œnologie, Charline se contente d'apprécier le breuvage en néophyte.

Ils révisent les grands classiques de la restauration italienne. *Pomodoro & Mozzarella* contre *Prosciutto & Melone* en entrée. A suivre, *Penne al Pesto* versus *Linguine alle vongole*. Pour finir en beauté, ils partagent une pana cotta aux fruits rouges. Le dîner est une vraie réussite ! Le serveur a su rester discret et ne pas s'épancher dans un romantisme aux trémolos désuets. La proximité des cuisines a été un peu handicapante avec de trop nombreux allers et venues et une température supérieure aux normales saisonnières.

Un mal pour un bien, songe Angelo car la chaleur avait poussé Charline à retirer sa veste et à découvrir ses charmes. Sa poitrine bombée est définitivement désirable et Angelo se surprend à contenir un désir croissant. Comme tout jeune homme de son âge, il sent la toile de son jean se tendre. Enveloppé d'une toile Diesel, son injecteur frise l'explosion. Contraint de canaliser son ardeur, il se doit de rester avenant et gentleman. Charline, sublime et douce, est en train de s'ouvrir à lui comme une fleur, comme s'ils s'étaient toujours connus.

Le courant passe vraiment bien. Charline n'a rien à voir avec l'autre bécasse de shampouineuse rencontrée dernièrement chez Carole et Thomas. Certes il lui aurait bien montré, à elle aussi, un membre de sa famille mais pas dans les mêmes conditions. Surtout ne pas confondre pulsion sexuelle et érotisme sensuel.

Charline est lumineuse, épanouie. Elle rayonne. Ils partagent tous les deux le goût de l'Histoire. Charline est attachée à retranscrire l'Humanité dans son universalité. Elle cherche à comprendre. Elle est éminemment cultivée et maîtrise le latin et le grec. A notre époque, une telle maîtrise est si rare et précieuse. Angelo a une sensibilité moins intellectuelle mais valorise l'exploit historique, l'action, le poids des Grands Hommes dans le cours de l'Histoire. Bien que très marquée, leur différence n'est pas exclusive. Elle s'enrichit de la vision de l'autre. Chacun est intarissable mais écoute passionnément l'autre en retour.

La passion n'est en rien intéressée, elle n'est pas guidée par la volonté de conclure. Non, la passion est authentique, chaleureuse. Elle les emporte malgré eux et fait monter en eux un désir puissant. Certes, il se manifeste plus visiblement chez Angelo dans la raideur turgescente de son pantalon. Et Charline, avec sa sensibilité féminine exacerbée, ressent une bouffée de chaleur amoureuse envahir sa poitrine. Ils jouissent littéralement de leur présence mutuelle. Seuls, ils auraient certainement fait l'amour.

Leur petite mort se matérialisa par l'arrivée de l'addition, toujours douloureuse. Grand prince, Angelo règle et laisse deux euros de pourboire au serveur. Attirés l'un vers l'autre, ils se donnent la main. Angelo n'a pas réellement prévu de plan pour continuer la soirée et il se propose de la raccompagner. Il nourrit, en son for intérieur, l'espoir d'être invité à prendre un dernier verre chez elle.

La nuit fraîche et calme enveloppe leur pérégrination parisienne. Silencieux, ils goûtent au plaisir de se tenir la main. Une poigne puissante et virile protégeant une main fragile et frissonnante.

A nouveau, être ensemble leur semble une évidence. Plus aucune discussion futile ne vient troubler la beauté du silence.

Arrivés sur le pas de la porte, sans aucune gêne, Angelo lui prend les deux mains et l'embrasse tendrement. Langoureusement, il la serre dans ses bras et, relevant, une boucle dorée, l'embrasse entre l'oreille et le cou. Angelo savoure la douceur exquise de la peau de Charline. La tendresse du baiser d'Angelo la fait frissonner.

De lui-même, Angelo comprend combien il est déplacé d'espérer monter chez elle.

—A bientôt, lui glisse-t-il dans le creux de l'oreille.

Cela ne signifie pas encore « Je t'aime » mais déjà « Je veux t'aimer ». Elle lui chuchote doucement : « Oui, à bientôt » se retourne et rentre chez elle. Ils partent tous deux, portés par le bonheur simple de l'instant.

VOLET II

« En te levant le matin, rappelle-toi combien précieux est le privilège de vivre, de respirer, d'être heureux. »

Marc Aurèle

CHAPITRE IX – Stationnaire, planant

Stationnaire, planant…Un bec verseur figé un instant au-dessus de verres enluminés…Il se redresse soudain et, en un va et vient envoûtant, s'élève brusquement dans les airs pour replonger précipitamment vers l'un des verres et y distiller quelques gouttes de son or en fusion. Avec la même agilité qu'un cobra, il reprend sa danse électrique jusqu'à ce que les deux petits verres soient remplis, fumants. Quelques pignons flottent en surface et une douce odeur de thé vert parfumé à la menthe remonte aux narines de Ferdinand et sa compagne.

Ils hument en silence, harmonieusement.

A l'ombre, il fait bon. Le soleil éclabousse les murs ocres de ses filaments bouillants. Il explose de chaleur, écrase le moindre nuage contre la voûte bleu dur. Seul un léger courant d'air frais dévale les pentes de l'Atlas et fait flotter la chevelure blonde de

Nina. Ils sont arrivés deux jours auparavant et goûtent enfin aux douceurs de leur escale à Marrakech.

C'est un bon choix Marrakech. Arguant d'un rendez-vous professionnel pour organiser le prochain festival des musiques métissées de Marrakech, Nina avait réussi à persuader Ferdinand de l'accompagner pour visiter cette merveilleuse ville. Elle devrait bien sûr s'absenter quelques heures pour raisons professionnelles mais l'essentiel du temps serait libre et consacré à visiter, flâner dans les souks et approfondir les chefs-d'œuvre culinaires marocains.

Partis sans Maximilian, Ferdinand et Nina espèrent aussi « se retrouver ». Les dernières semaines ont été chargées et la fatigue hivernale se lit dans leurs traits. De leur pâleur ressort l'ombre inquiétante de leurs cernes.

Ferdinand observe, amusé, le manège d'un camelot. Son jeu de scène captive les badauds qu'il ferre ensuite grâce à son bagout. Oui, cet économe n'est pas ordinaire, oui il coupe mieux et plus vite, oui il est introuvable ailleurs et accrochez-vous mesdames, il ne coûte pas plus, pas moins que dix dirhams…Mêlant le geste à la parole, il saisit, qui une carotte, qui une pomme de terre et les débite, tranche, saucissonne plus habilement que n'importe quel démonstrateur de téléachat. Cette brillante performance achevée, il sort de sa besace une dizaine d'économes tout neufs et s'empresse de les vendre aux ménagères marocaines agglutinées devant lui. Surexcitées par la qualité de l'intervention et la rareté de la marchandise, elles n'hésitent pas à jouer sévèrement des coudes et de leur postérieur pour s'assurer l'accès au camelot et lui tendre leurs billets chiffonnés. En cinq minutes, le tour est joué. Le marchand ambulant replie son baluchon et file les poches pleines…

Ferdinand ne peut s'empêcher d'admirer ce vendeur qui, par son seul talent, transforme l'inox en or. Ou comment faire fortune en vendant des économes... Aucune école de commerce, si prestigieuse soit elle, n'aurait pu si bien former à la vente. Il suit du regard son bonimenteur favori jusqu'à ce qu'il s'évanouisse dans la foule. Saurait-il investir son pécule aussi brillamment qu'il avait monnayé son talent ? La société marocaine ne lui en donnerait pas facilement les moyens. A défaut de pouvoir, concentré dans les mains de sa majesté le roi, l'élite restée au pays parvenait à capter une part dominante de la richesse du royaume. S'en suivaient des scènes parfois moyenâgeuses où une berline allemande projetait un petit attelage chancelant dans le fossé. Les cinq-cents chevaux de la berline rutilante étaient rarement effarouchés par l'âne pelé du paysan.

A l'opposé, les marocains ressortissants à l'étranger (MRE) avaient fui leur pays sclérosé pour coloniser les eldorados occidentaux. France, Belgique, Espagne ou Canada leur offraient non seulement des études et revenus décents mais aussi une réelle émancipation politique et sexuelle. Depuis ces terres d'asile, ils transféraient des capitaux à la famille restée au pays. Chaque été, une étrange transhumance les reconduisait au pays pour entretenir les reliefs de leur identité marocaine. C'était aussi l'occasion pour chacun d'afficher sa réussite, réelle ou supposée, face aux pauvres autochtones enlisés dans leur misère. Au fil du temps, la candeur de leur sentiment d'appartenance à la nation marocaine s'affadissait et leurs compatriotes les déconsidéraient. Selon l'humeur, ils rentraient dans la catégorie des cousins enrichis, des estivants ramenards ou des traîtres infréquentables.

Nina, quant à elle, se félicite d'avoir choisi Marrakech pour destination avant que l'interminable hiver viennois n'ait eu raison de leur santé mentale. Certes celui-ci est aménagé d'événements festifs sensés atténuer la rigueur de la saison mais ni les marchés de Noël, ni les fêtes de fin d'année, ni la saison des bals n'ont le pouvoir du rayon de soleil marrakchi.

A vrai dire, un autre sujet la torture. Elle a trouvé Ferdinand moins vigoureux ces derniers mois. Il continue d'être tendre avec elle mais leur activité sexuelle s'est appauvrie et espacée. Elle n'a pourtant pas l'impression de s'être montrée insuffisamment désireuse ou câline. A contrario, pensant que cette baisse d'activité est peut-être de son fait, elle a sciemment dépassé certaines limites imaginaires que le couple ne franchissait plus depuis un certain temps. Une caresse inattendue dans un lieu public, une tenue plus excitante, une posture plus lascive. La réaction de Ferdinand à ses avances était restée plus que limitée.

Des trois raisons qui la hantent malgré elle, Nina préfère retenir la plus rassurante : Ferdinand est fatigué. Sans pitié, l'hiver viennois et la crise financière ont eu raison de sa fougue. A plus de 50 ans, il est normal d'aller prendre du repos au soleil pour réécrire les lignes estompées de leur romance.

—Non, pense-t-elle, Ferdinand n'est pas sur la pente déclinante et non, il ne fréquente personne d'autre. Leur fidélité est sans faille. Elle lui prend la main et la caresse.

Imperceptiblement, ses lèvres esquissent un sourire triste. Elle lui fait confiance, l'aime, et le désire mais est devenue incapable de partager sa peine. Son sourire se fige et l'espace d'un instant, un observateur averti aurait pu reconnaître la Joconde. Heureuse, sereine, anxieuse.

Après avoir goûté aux délices d'un soleil couchant sur Marrakech, Nina et Ferdinand s'en retournent d'un pas léger à leur hôtel. Main dans la main, ils marchent en silence et hument les mille parfums orientaux qui se dégagent des ruelles alambiquées de la médina. Ils ont choisi de loger dans un riad plongé au cœur même de la vieille ville, préférant cette option à l'un des grands complexes hôteliers de la palmeraie. Pour le même budget, ils jouissent du charme typique d'une résidence marocaine et peuvent sentir battre le pouls de la ville mythique. L'immersion est d'autant plus complète que le personnel du riad est accueillant, chaleureux et très couleur locale. La cuisinière déambule le plus souvent pieds nus et Nina admire bien volontiers les tatouages au henné qui les ornent. Apprenant que Nina était venue pour le festival des musiques métissées, le maître d'hôtel leur a organisé par surprise un petit concert de musique traditionnel pour leur arrivée. Nina trouve qu'ils ont le cœur sur la main et aurait souhaité tisser des liens d'amitié. Ferdinand aime bien l'ambiance riad avec ses coussins, ses bâtonnets d'encens, son patio oriental mais il est plus réservé quant à la promiscuité imposée avec le personnel de maison. Il trouve tous ces loufiats envahissants et en aurait bien renvoyé un ou deux chez eux. Il se sent chaperonné, voire surveillé et cela l'énerve de manière latente. Surtout, ce maître d'hôtel l'exaspère avec ses petites courbettes permanentes. Ferdinand ne sait jamais à quelle occasion laisser un pourboire et surtout il n'a aucune idée des montants bienséants. Il n'apprécie pas non plus l'œil torve avec lequel il reluque Nina. Cet œil brillant de mateur pervers l'énerve et il l'avait surpris en train de fixer les fesses de Nina alors qu'elle se penchait pour sentir une rose. Il avait manqué de faire une réflexion mais n'avait pas voulu provoquer d'esclandre dès la première sommation. En revanche, il s'était promis d'ouvrir le feu à la prochaine incartade. Après tout, ce n'était pas de sa faute si ces « rats » avait décidé de couvrir leurs femmes et de les laisser s'empiffrer de pâtisseries graisseuses. Ferdinand avait été étonné de voir à quel point les jeunes marocaines étaient jolies mais qu'une fois passée la quarantaine, elles ressemblaient toutes à des pachydermes peu ragoûtants. Il s'en était ouvert à Nina qui l'avait rabroué vertement. Elle n'avait apparemment pas apprécié son trait d'esprit sur la fable de la Fontaine mettant en scène un couple marocain, le « rat et la vache ». Certes, il en avait eu de meilleures mais le clin d'œil à Jean de la Fontaine lui avait semblé amusant… On était en vacances après tout…

Ce soir, Nina l'abandonne pour participer à un dîner dédié au festival des musiques métissées. Ferdinand n'est pas très friand de ces pince-fesses et il a poliment décliné l'invitation arguant du fait qu'il n'aime pas le concept de « *Significant Other* ». En son for intérieur, il jubile de ne pas passer pour la pièce rapportée venue accompagner son épouse lors d'un déplacement professionnel. Il voyait déjà quelques gros marocains ricaner grassement de la situation de l'européen accompagnant sa femme au travail… Il les voyait découvrir tous leurs chicots brunis par les « Marlboro rouges » et cette image lui donnait la nausée…

A chaque fois qu'il voyageait, Ferdinand se faisait la triste réflexion suivante : les enfants étaient mignons et semblaient vifs et débrouillards tandis que leurs parents ressemblaient à des veaux brutaux et avachis. Par quelle triste métamorphose ces petits anges se transformaient-ils en bestiaux pathétiques ? Par quelle misérable sortilège, de jeunes gazelles à la courbe de reins enchanteresse se compactaient-elles en *knoedel* infâme ? Son constat ne prenait certes pas en compte la notion de progrès et peut-être l'éveil des enfants résultait-il de l'avancée de la scolarisation mais il semblait à Ferdinand que le mystère était plus grand. Génie en puissance lors de leur enfance, ces hommes devenaient des crétins en acte à l'âge adulte. Côtoyer la pauvreté et la médiocrité les avilissait. La bêtise est contagieuse et l'intelligence récessive.

Allongé sur le lit, Ferdinand regarde Nina se préparant pour le dîner. Elle se maquille consciencieusement faisant ressortir l'éclat de ses yeux bleus. Elle est belle et il l'aime. Il n'a pas forcément envie d'elle mais il l'aime. Il la contemple à son insu et revit en cascade les moments de bonheur passés ensemble. Partager sa vie avec elle est merveilleux. Sans elle, sa vie s'arrêterait, anéantie, vide de sens. Il frissonne.

CHAPITRE X – Nina, resplendissante dans sa robe de soirée

Nina, resplendissante dans sa robe de soirée s'approche de Ferdinand pour l'embrasser.

—A tout à l'heure, lui dit-elle. Je pense être de retour pour minuit et demi. Elle claque la porte et disparait.

Ferdinand, encore allongé sur le lit, prend son temps. Il a réservé dans une heure à la Baraka, un petit restaurant marocain dont les mérites sont vantés dans le *Lonely Planet*. A l'opposé des pièges à touristes, ce restaurant se remplit chaque soir d'un mélange de convives marocains et européens. Il est réputé pour son ambiance, sa décoration design et surtout sa cuisine innovante. Le chef y insuffle un vent nouveau à la cuisine marrakchi tout en restant respectueux des figures imposées de la gastronomie marocaine : tajine, pastilla et couscous. Il a su se faire une place dans le haut du tableau de la restauration de la ville ocre sans jamais renier son identité et sa confidentialité. Le restaurant est situé à un quart d'heure à pied de leur riad et Ferdinand se fait un plaisir de se mettre un appétit lors d'une courte promenade.

Aller seul au restaurant est toujours une expérience ambivalente. Il faut déjà supporter le regard des autres qui considèrent avec pitié l'hôte esseulé. Le simple fait de confier au serveur que la table a été réservée pour une seule personne sonne comme le constat amer de sa profonde solitude. Tout l'enjeu réside ensuite dans une bonne gestion du temps. En alternant entre la prise de connaissance de la carte, l'observation et l'écoute des convives alentours, la dégustation des mets et surtout des phases d'introspection lentes et réfléchies.

Réussie, cette alternance peut rendre le moment délicieux. Mais souvent, l'expérience se transforme en calvaire. Que ce soit à cause du regard pesant d'un voisin ou d'un manque de concentration introspective. Dans tous les cas, il est clé d'abréger sa souffrance en réclamant l'addition dès la commande du dessert et en accélérant le processus de paiement. L'idéal est de se lever pour se rendre directement à la caisse et clore l'éprouvant dîner.

Ferdinand enfile un pantalon crème et une chemise en lin col Mao. Il prend soin de nouer un pull en V autour de ses épaules. Les nuits sont encore fraîches.

Il descend l'escalier de marbre, le pas léger, salue ce scélérat de loufiat et s'engage dans le dédale de ruelles de la médina. La nuit est tombée depuis quelques heures déjà et un léger vent frais fait flotter sa chemise. Cette escapade est bien agréable et même s'il aurait préféré dîner avec Nina, il n'est pas mécontent d'avoir évité la soirée de représentation. Au diable ces pince-fesses mondains, si laborieux pour la pièce rapportée.

Cela fait bien dix minutes qu'il progresse dans la médina, faisant confiance à son sens aigu de l'orientation. Impossible de suivre une direction franche dans ces petites rues tortueuses. Il faut s'habituer à compenser chaque décalage géographique au croisement de ruelles suivant.

Il fait nuit depuis plusieurs heures et Ferdinand s'étonne que le Maroc ne suive pas le fuseau horaire d'Europe continentale. Sans réelle confirmation extérieure de ce point, il avait conclu que le Royaume du Maroc utilise son fuseau horaire comme une sorte de couvre-feu naturel. La population, se levant tôt pour travailler, est naturellement encline à se coucher tôt également, dès la nuit tombée. La tentation de sortie ou toutes autres velléités nocturnes sont tuées dans l'œuf. Au diable les sorties agitées, les grands soirs et autres épanchements révolutionnaires ! Il s'était fait la même réflexion à Cuba : le soleil se couche tôt sur les dictatures et veille sur les démocraties…

Perdu dans sa réflexion géopolitique, Ferdinand s'engage dans une ruelle plus sombre et étroite que les autres. Contrairement aux précédentes, elle n'est que faiblement éclairée par de petites ampoules orangées. Le décor lui semble subitement étrange, dégageant une ambiance surréelle et énigmatique. Il continue sa progression et constate que la plupart des portes sont entrebâillées.

A la vue d'une marocaine plutôt découverte et fardée, Ferdinand ne met pas longtemps à comprendre qu'il se trouve dans un lieu de prostitution.

Mal à l'aise, il hâte le pas et atteint rapidement le bout de la ruelle, non sans avoir aperçu un échantillon de la femme de joie marocaine. Plutôt rondes et maquillées, elles ne l'attirent pas vraiment.

D'une dernière porte entrouverte, une voix fraîche et suave s'adresse à lui doucement :

—Viens, mon ami, viens.

Il ne peut s'empêcher d'obliquer son regard vers la porte et croise celui d'une marocaine éblouissante. Jeune, brune, attirante. Son teint mat rehausse un sourire d'une beauté éclatante ; la jeune femme ne doit pas avoir plus de vingt-deux ans. Elle est habillée à l'occidental avec une chemise cintrée entrouverte. Ferdinand peut distinguer sa poitrine bronzée qui semble si ferme et douce. Embarrassé, il poursuit son chemin d'un pas rapide mais l'image de la marocaine reste imprimée dans son esprit.

Son regard de braise a éveillé en lui le désir. Le désir de respirer son parfum oriental, de caresser sa peau douce et tannée, de prendre en main ses petits seins et de toucher, du bout des doigts, ses tétons raffermis. Le désir de la dénuder doucement puis d'étreindre son corps moite en une danse saccadée et torride.

Ferdinand a passé son chemin mais le magnétisme de la jeune fille le hante. En un regard, elle a balayé ses années de fidélité à

Nina, pourtant si solidement ancrée dans une routine sexuelle balisée.

Toujours plongé dans le doute et la torpeur, Ferdinand arrive devant la Baraka.

Le dîner ne se déroule pas du tout comme espéré. Il est retourné et son manque de concentration ne lui autorise aucune séquence d'observation et encore moins d'introspection méditative.

Son cerveau ne parvient plus à structurer aucune pensée. Il est saturé d'un flux d'images érotiques et pornographiques. Il bugue. Le barrage de sa conscience bienséante a cédé face à l'assaut extrêmement puissant du désir. Il est tout entier emporté par les courants de la chair. Il s'imagine en train de dévêtir la marocaine, il la voit engloutir son sexe et le sucer avidement, il sent son sexe pénétrer la moiteur de sa vulve. Ces images crues débordent immensément de son intellect jusqu'à inonder son corps tout entier. Son pouls bat au rythme de sa respiration haletante et son sexe ressent la volupté d'une étreinte serrée.

Certaines de ces images lui rappellent inconsciemment le souvenir de l'« odeur du sexe » et lui remontent les images de sa première fois.

Ferdinand était encore un jeune étudiant quand il s'était fait dépuceler par une putain à Vienne. A l'époque, il était courant, si ce n'est coutumier, que les jeunes, y compris de bonne famille, perdent leur virginité auprès d'une professionnelle. La contrainte religieuse empêchait effectivement les jeunes filles de bonne société de faire l'amour avant le mariage et les jeunes hommes faisaient leurs armes au tapin avec des femmes de joie.

Ferdinand avait totalement oublié cette expérience juvénile que sa mémoire avait sans doute enfouie dans les tréfonds de son inconscient.

D'un coup, il se remémore très nettement cette journée de printemps 1982. Il avait marché le long du Danube. Il faisait chaud. Ses sens ne tenaient plus son corps. Certains de ses amis avaient déjà franchi le pas et il n'y avait plus de réelle barrière à ce qu'il le franchisse à son tour. Il monta dans un immeuble des années Trente et au troisième étage sonna à la porte. Une femme de quarante ans environ lui ouvrit. Elle était en peignoir de soie, tirant sur une blonde légère soutenue par un porte-cigarette. Il se sentait gauche et ne sut que dire. Elle l'entraîna et referma la porte derrière eux. La prestation fut correcte ; sans plus, mais le travail fut fait. A vrai dire, Ferdinand appréhendait cette première fois mais ses craintes s'évanouirent dès la première pénétration. C'était fait. C'était bon. Il n'eut alors plus aucune réserve et lutina méthodiquement l'entraîneuse jusqu'à l'explosion de plaisir. Epuisé mais soulagé, il s'allongea quelques minutes. Son plaisir de l'instant se transforma en quiétude sereine. Enfin, il était homme. C'est seulement après quelques minutes d'apaisement qu'une odeur amère l'enveloppa. « L'odeur du sexe », sans passion, celle des sécrétions corporelles, reliquats d'ébats mécaniques, producteurs de plaisir instantané. Il la paya et referma la porte. Aujourd'hui, le regard perçant de la jeune marocaine avait rouvert cette porte.

Paradoxalement, la remontée de ce souvenir l'apaisa un peu. Il pouvait mesurer les limites du plaisir tarifé face à la richesse du sentiment d'amour et de ses attributs. La paternité en était un de taille. Il considérait qu'être père était une chance réelle et un élément clé de la construction du bonheur. Bien qu'il n'ait jamais développé de complicité forte avec Maximilian, il voyait en lui un lien extrêmement fort dans sa relation avec Nina ainsi que l'espoir de devenir grand-père, un jour.

Il se rend soudain compte qu'il ne sait même pas si Maximilian entretient une liaison. Il ne connait rien de la vie sentimentale de son fils. Ils n'en ont jamais discuté. S'était-il lui aussi offert, un jour, les services d'une vendeuse de plaisir ?

Le dîner arrive à sa fin et Ferdinand a presque achevé une bouteille entière de vin. Ce genre de soirée ne prédispose pas à la sobriété.

La note payée, Ferdinand reprend le chemin du retour. Il n'est que onze heures du soir. Hanté par l'image lascive de la marocaine, ses pas le dirigent vers la ruelle interdite.

Si jamais elle est encore à la porte, il laissera le destin trancher à sa place... Arrivé au croisement, il s'engage dans l'obscure ruelle. Au seuil du lieu interdit, il entend des pas furtifs dans son dos. Sans même avoir le temps de se retourner, un coup sec s'abat sur sa nuque et il s'effondre dans le noir.

CHAPITRE XI – Angelo allume le poste de télé

Angelo allume le poste télé. Il tombe sur le journal de TF1, présenté par Sophie Baladin. La journaliste s'appesantissait sur les résultats de la primaire socialiste, en perspective des prochaines élections présidentielles de 2022. La mobilisation avait été historique, malgré la persistance de l'été indien, et l'électorat avait été bien plus vaste que la simple base historique de militants.

Une image frappe Angelo. On voit la candidate divers gauche, Solène Régalad, balbutier quelques mots puis fondre en larmes après l'annonce de son résultat très faible. Cela le dégoûte. Elle s'est présentée pour tenir la plus haute fonction de l'Etat ; elle a brigué des responsabilités extrêmement élevées et s'est sentie capable de défendre les intérêts de la France dans les contextes les plus tendus. Et là, dans une situation mineure de déconvenue personnelle, elle explose psychologiquement. Heureusement que son score s'était écrasé sous les sept pourcent, pense-t-il…Elle s'est visiblement bien surestimée.

C'était souvent le problème des politiques : leur ego leur jouait des tours et l'on avait régulièrement affaire aux grenouilles de La Fontaine. Rarement, un candidat réunissait, pour le bien de la communauté publique, compétence, engagement et humilité. Les plus sérieux se limitaient malheureusement à un parcours brillant du point de vue académique, ponctué par un passage à l'Institut des Etudes Politiques (IEP Paris) de Paris et suivi de l'Ecole Nationale d'Administration (ENA). Très rarement, ces candidats décidaient de ne pas se lancer immédiatement dans la politique pour « connaître la vie », celle des salariés, des travailleurs, des professions libérales ou même des entrepreneurs.

Au fur et à mesure du temps, leurs idéaux de jeunesse se muaient en ambition dévorante puis débordante, exacerbée par la compétition environnante. La volonté de séduire et de diriger prenait insidieusement le pas sur l'idéal politique. Pour gagner, il faut avant tout être le plus ambitieux et ne pas hésiter à écraser les autres. Le mérite n'a très vite plus aucun droit de cité et le travail laisse place au jeu politique auréolé de son cynisme le plus éclatant. Rongé d'ambition, assoiffé de reconnaissance et étourdi de flatterie, l'homme (ou la femme) politique devient alors un animal égocentrique et médiatique, passé maître dans l'art de la séduction et de la manipulation.

La politique est une machine à transformer des étudiants brillants et inexpérimentés en loups solitaires et narcissiques.

Chez Solène, le désir de plaire et de gagner semble avoir particulièrement prospéré jusqu'à la transformer en harpie ambitieuse et infantile, pense-t-il. Il lui paraissait jouissif de la voir souffrir comme une enfant dont on a confisqué le jouet.

C'était le bon côté du système, les personnages politiques les plus destructeurs se faisaient à leur tour broyer par quelques plus jeunes et ambitieux.

Au mieux, ils étaient le « vieux chêne qu'on abat ». Au pire, ils étaient servis à la « curée ». Puis, l'Histoire les engloutissait et leurs noms venaient noircir les manuels incompris de milliers d'élèves incultes.

Angelo avait conscience que la concrétisation d'une vengeance entraînait la satisfaction d'un désir primaire, où la souffrance du coupable vient apaiser celle de la victime. Mais faute de rédemption des politiques, cela lui allait plutôt bien.

Bien que cette vision l'apaisât, il n'était pas serein pour autant. D'accord, le monstre était toujours vaincu, mais le peuple était en permanence floué par la succession des Tartuffes qui le dirigeaient.

N'était-ce pas légitime de dégouliner de démagogie et de bonnes intentions pour arriver au sommet de la pyramide, puis une fois en orbite de profiter au maximum de ses pleins pouvoirs ?

—Oui, c'est légitime mais c'est dégueulasse et ça fout la merde, pense-t-il.

Angelo se dit que le système démocratique est vicié par construction. Même si tous les candidats sont des escrocs ou des incapables, la démocratie doit en choisir un et lui donner les clés du temple.

Or, dans la mesure où le ressort principal des individus politiques est l'ambition, le postulat qu'une démocratie doive systématiquement faire émerger des candidats valables lui semble bancal.

Le jeu politique faisant émerger une majorité d'ambitieux égocentriques, il est hautement probable que les démocraties soient moins bien gouvernées que d'autres régimes plus autoritaires.

Relisant ses cours d'Histoire, Angelo avait souvent eu l'impression que la France était plus redevable envers ses despotes éclairés qu'envers ses classes politiques démocratiquement élues.

Certes, la démocratie réduit le risque de dérive forte de la classe dirigeante mais elle abaisse la qualité du pouvoir exercé à un niveau extrêmement bas, et ce de manière pérenne. Il eut une pensée émue pour Napoléon Bonaparte.

Sophie Baladin reprend la parole, compatissante à l'égard de la candidate déchue. Selon elle, Solène Régalad en pleurs offrait aux Français un spectacle attendrissant qui rappelle que les femmes et hommes politiques sont avant tout des êtres humains sensibles et fragiles comme les autres. Angelo pouffe. Il y voit certes beaucoup de fragilité mais très peu d'humanité.

Le journal se poursuit sur des propositions de « ré-enchantement » de la France par Franck Wallon. L'ex-compagnon de Solène Régalad est devenu le grand favori du Parti social-démocrate. Etonnante destinée de ce couple, uni puis déchiré par l'ambition. On aurait parfois envie qu'ils se remettent ensemble, aient beaucoup d'enfants et nous foutent une paix royale pense-t-il…

Il décide que s'il poursuit ses études d'Histoire, il essayerait de travailler sur la thématique des couples célèbres dans la classe politique française… Passionnante perspective : « Dans quelle mesure un couple politique démultiplie-t-il l'impact de son action du fait de son union ? »

Les couples politiques sont cependant moins fréquents que les couples unissant un homme politique à une femme journaliste. D'un point de vue purement esthétique, cette statistique se comprend aisément. Et le trafic d'influence est au moins aussi efficace. A niveau d'influence égal, mieux vaut mettre dans son lit une jolie journaliste qu'une harpie politique. C'était tout vu.

Malgré sa bonne volonté, Angelo a du mal à se figurer comment un quinquagénaire bedonnant pourrait ré-enchanter un pays enlisé dans la mouise. Il n'avait peut-être pas suivi les débats suffisamment attentivement ou alors le pays était-il tellement enlisé qu'il en avait jusque dans les yeux et les oreilles.

Mais au-delà de la boutade, pourquoi un animal politique n'ayant jamais exercé de responsabilité exécutive et donc jamais enregistré de réussite notable dans ce domaine, aurait-il une quelconque chance de succès durant le mandat ultime de Président ?

C'était un peu comme si vous demandiez à un arbitre de football de jouer au Real Madrid. Il allait falloir brûler des cierges au pied de Santa Maria de l'Almudena…

Dans quelques mois, l'issue des suffrages serait défavorable à Franck Wallon malgré ses promesses enchanteresses. L'électorat, accablé par la morosité économique et écœuré par les manigances du parti de gauche, se tournerait vers les étendards rassurants du Front Patriote.

Camus avait pensé à la peste mais il avait oublié le choléra.

A l'examiner de près, la situation était affligeante mais Angelo s'en réjouissait. Plus la situation devenait instable et plus son heure approchait.

Sophie Baladin ferme la page politique sur une harangue de Franck Wallon : « je veux être le candidat de tous les Français ».

Sans commentaire ni transition, elle bascule sur les humeurs du XV de France de rugby. Non contents d'avoir gagné sans briller, certains « Bleus » avaient même osé fêter leur victoire en buvant quelques bières. Les règlements de compte allaient bon train et plusieurs consultants sportifs donnèrent leur avis, à titre d'experts indépendants, sur les possibles effets de la bière sur le physique et surtout le mental des joueurs. L'un d'entre eux soutenait que s'enfiler quelques pintes ne pouvait qu'avoir un effet de catharsis salvatrice. Il était positif que le collectif se retrouve autour d'un breuvage unificateur. C'était une occasion informelle de crever les nombreux abcès du groupe et de désamorcer de futurs sujets de discordes. De plus, la tradition de fêter les victoires importantes à la bibine ne datait pas d'hier mais de l'époque ancestrale du « rugby cassoulet ». C'était donc une bonne chose.

Le second consultant interrogé ne partageait pas cette opinion et avait trouvé le comportement des joueurs incriminés puéril et irresponsable. A ce niveau de la compétition, ils se devaient d'être irréprochables et il était clé que leurs corps puissent récupérer des efforts consentis lors des affrontements précédents. Chaque détail comptait et toute négligence dénotait un manque certain de professionnalisme. Contrairement, à ce que pouvait penser son confrère, l'ère du « rugby cassoulet » était bel et bien passée et il fallait accepter les contraintes du haut-niveau. Parmi ces contraintes, l'une d'entre elles était de ne pas boire de bière. Il s'agissait d'une évidence.

Le dernier consultant eut droit à un temps de parole plus réduit : l'agenda chargé du journal et les interventions live avaient eu raison du respect de la programmation et il ne fallait pas négliger les séries policières à suivre. Son propos tint en quelques mots : bien ou mal, les bières avaient été bues et il convenait de recentrer les joueurs sur leur objectif premier, à savoir mettre une bonne dérouillée aux prochains adversaires. L'équipe de Galles était un sacré client qui était bien monté en puissance et dont il fallait se méfier.

Le premier consultant chercha à ajouter un mot mais Sophie Baladin l'interrompit et la production coupa manifestement son micro.

Un flash de dernière minute concernait la disparition inquiétante d'un autrichien au Maroc. Bien qu'aucune revendication ne soit encore parvenue aux autorités, il semblait probable qu'il s'agisse d'un enlèvement. Aucune hypothèse n'était cependant écartée.

Angelo remplit une casserole d'eau, y jette une pincée de gros sel et la pose sur le feu. Cela ne le dérangeait pas de manger des pâtes tous les jours. Avec du fromage râpé et du ketchup, c'était plutôt bon et accompagné d'un steak œuf à cheval, ce n'était pas loin d'être délicieux. Il faisait toutes ses courses chez Dia car c'était de loin l'enseigne la moins chère du quartier. Pour lui, Franprix et Monoprix restaient inabordables. Bien sûr, pour certaines occasions, il aurait pu y faire ses courses mais une fois que vous avez vos habitudes...Et puis le retour dans un Dia était toujours ardu lorsque vous étiez passé par la case Monoprix.

Mais bon, leurs denrées alimentaires de base étaient de bonne qualité et il fallait juste éviter de tenter des plats trop techniques. Angelo se faisait souvent la réflexion que l'achalandage mêlant jambon, terrines, rillettes avec le tarama et les chutes de saumon était abject. Franchement, la juxtaposition de produits d'univers si différents, étiquetés Dia, en rouge dans la longueur, ne donnait pas envie. Il baissait toujours les yeux en passant devant ce rayon.

C'était certes la rançon du moindre coût et l'enseigne Dia ne pouvait probablement pas s'offrir les conseils avisés d'un *category manager* de haut-vol mais merde, foutre le tarama à côté de la coppa c'était à gerber.

Sa seule sophistication tenait dans l'achat de spaghettis au blé complet et d'authentique Tomato Ketchup Heinz. Et dire qu'une recette de sauce tomate avait pu rendre la famille Heinz milliardaire ! Nos cousins américains étaient définitivement très doués pour les affaires.

Pour le râpé, il prenait le premier prix.

Angelo songeait parfois que la segmentation sociale de son quartier pouvait presque entièrement être retranscrite au travers des habitudes alimentaires.

Les pauvres s'approvisionnaient chez Dia et consommaient des produits de base peu équilibrés. Leur consommation de primeurs était quasi-nulle. Ils privilégiaient les sodas à l'eau de source et la bière 8,6 aux sodas. Leurs sorties au restaurant se résumaient le plus souvent à un squat de début d'après-midi au KFC. Ceux qui ne pratiquaient pas d'activité sportive venaient vite grossir les rangs de l'obésité. Leur espérance de vie était alors diminuée car tributaire de la survenue d'une maladie cardiovasculaire. A terme, il était probable que les classes populaires européennes voient leur statistiques d'obésité morbide converger vers celles de leurs vieux cousins américains du Nord.

A l'opposé, les ménages aisés faisaient leurs courses chez Monoprix et y achetaient des produits équilibrés : laitages, primeurs et crudités.

Ils raffolaient de produits de traiteur et consommaient des litres d'eau de source. Leurs nombreuses sorties au restaurant leur permettaient de surconsommer des produits frais de la mer, bourrés d'oméga 3. Parfois, ils s'autorisaient une salade *chicken caesar* agrémentée d'une portion de quinoa.

Leur abonnement au Club Med Gym leur permettait de garder la ligne et le nombre d'obèses riches restait dramatiquement bas. Entre la quarantaine et la cinquantaine, il était plutôt bienvenu d'arrêter toute activité sportive et de laisser prospérer une petite bedaine.

Angelo égoutte rapidement ses pâtes et commence à les avaler. Il enfourne sa plâtrée en bouche, avachi sur sa petite table « bistrot », prenant juste le soin, à mi-parcours, de couvrir à nouveau ses spaghettis d'emmental râpé. Il ne pense à rien. Une fois son assiette nettoyée, il coupe la télé et se jette sur son lit.

CHAPITRE XII – Un chauffeur mis à disposition

Un chauffeur mis à disposition par l'organisation du festival des musiques métissées la raccompagne en voiture, puis à pied, jusqu'à la porte de son riad, dans la médina. Nina est tout simplement enchantée de sa soirée : les convives étaient tous si cultivés et charmants. Bien qu'appréciant Marrakech depuis son arrivée, elle ne pensait pas qu'elle pourrait y rencontrer des hôtes si raffinés, mêlant si subtilement influences orientales et occidentales. Nina était rassérénée et ne regrettait plus un seul instant de s'être lancée dans ce nouveau projet. Il promettait d'être passionnant. Permettre aux meilleurs musiciens de civilisations différentes de jouer ensemble, de partager les mêmes émotions et de les communiquer à un public cosmopolite serait un véritable délice. Le Wali de Marrakech était de surcroît tout à fait disposé à mettre des sites absolument superbes à disposition du festival : la palmeraie, la Ménara et peut-être même la place Djema El Fnaa. Oui, il y avait de nombreuses raisons de se réjouir et une très belle année se profilait à l'horizon pour elle. Le destin était décidément une notion bien étrange mêlant indistinctement hasard, volonté et chance et redistribuant sans cesse les cartes de la vie. Aujourd'hui, son jeu était truffé d'atouts.

Arrivée devant la porte du riad, Nina sonne. Après quelques instants, des pas empressés se font entendre et le loufiat entrebâille puis ouvre la porte de la demeure. Reconnaissant son hôte Nina, il découvre un sourire édenté et satisfait. Il échange alors quelques brèves interjections en arabe avec le chauffeur et referme la porte derrière Nina qui grimpe déjà les marches d'une coursive. Elle est pressée de se démaquiller, de prendre une douche et de se mettre au lit.

Quand elle ouvre la porte de leur suite, elle constate que Ferdinand n'est pas rentré. Etonnante absence, songe-t-elle, en première instance. Puis, voyant qu'il n'est que minuit passé de dix minutes, elle se rassure. Après tout, il n'était pas encore habillé pour sortir lorsqu'elle l'avait quitté quelques heures plus tôt. Il a probablement pris son temps. Il est en vacances.

Elle se déchausse rapidement, fait glisser sa robe le long de ses jambes et va dans la salle de bain pour se démaquiller. Ce riad a été aménagé à la perfection et Nina s'y sent vraiment bien : la salle de bain est spacieuse, carrelée de marbre blanc et vert. Des moulures de stuc blanc cassé ornent le plafond sans que la décoration ne paraisse en rien surchargée. La robinetterie fonctionne à merveille et Nina avait souvent pu constater que ce critère différenciait bien souvent un bel établissement d'un très luxueux. Un bel établissement pouvait sans problème s'accommoder d'un mitigeur mal réglé, d'une fuite de chasse d'eau ou de tout autre dysfonctionnement anodin de tuyauterie. A l'inverse, un palace offrait toujours une prestation impeccable dans ses pièces d'eau. Le confort de l'hôte en peignoir était alors paroxystique et il pouvait sans crainte se prélasser dans des bains à remous, douches à jet et autres agréments thermaux. Il pouvait ensuite prolonger ses ablutions et oindre la moindre parcelle de son corps d'huiles essentielles rares afin de le revitaliser…Le riad *Bab el Fnaa* offre ce niveau de confort et Nina prend tout le temps qu'il lui faut pour se démaquiller, se passer de la crème antiride régénérante, enduire ses jambes d'un baume apaisant aux pépins de figue. Une demi-heure passe sans que Ferdinand ne donne le moindre signe de vie. Etonnée mais relaxée, Nina se glisse dans les draps soyeux de leur lit matrimonial. Songeant avec joie au programme musical fantastique qui pourrait bientôt être à l'affiche du festival des musiques métissées, elle s'endort dans la quiétude.

Personne ne la contemple, mais une splendide voûte étoilée veille sur la nuit paisible des Marrakchis. La troublante clarté de l'éther accentue le scintillement de milliers d'astres argentés et le léger souffle du chergui berce les palmes endormies.

Trois heures du matin, le sommeil de Nina affleure en phase paradoxale, elle passe sa main sur le lit, Ferdinand n'est pas rentré. Il y a un problème.

Autant Nina avait-elle pu s'endormir en toute quiétude, autant est-elle instantanément prise de panique. Ferdinand n'est pas un noctambule averti. En vingt-sept années de mariage, il n'avait jamais découché. Elle n'a pas reçu de message sur son portable. L'absence de son mari est anormale.

Son cri déchire la nuit. Hurlement tragique et séculaire de qui pressent le pire. Le loufiat et la bonne du riad ne sont pas longs à débarquer dans ses appartements. Dans un mauvais vaudeville du début du siècle, leur dialogue aurait pu être le suivant :

—Eux étonnés : Quoi ? Monsieur n'est pas rentré ? Où peut-il bien être passé ?

—Elle effrayée : Vite ! appelez la police !

—Eux, méfiants : Non, les voisins et amis plutôt que la police. Vous savez, Madame, la police marocaine n'est pas toujours la plus disponible et jamais la plus efficace ni fréquentable.

—Elle énervée : Non, la police ! Et tout de suite ! Ferdinand n'est pas un enfant du quartier égaré et je n'ai cure de votre système D.

Dans les faits, ce fut un échange torturé et misérable constitué de borborygmes et gesticulations en tout genre mais qui aboutit à la même chute. Le loufiat se précipite sur le téléphone et appelle la police.

Une fois le téléphone raccroché, Nina congédie ces deux bons à rien et s'effondre. Elle éclate en sanglots, désemparée face à l'inconnu.

CHAPITRE XIII – Malik regarde fixement l'encoignure

Malik regarde fixement l'encoignure de la pièce. Il observe, plus précisément, la pérégrination de cafards empressés sur le carrelage jauni et poisseux. Les cafards sont redoutablement gros et rapides. Leurs pattes s'activent mécaniquement pour battre le pavé à très grande vitesse. Et leurs déplacements s'accompagnent d'un cliquetis mécanique distinctement audible dont la cadence est relayée par celui des machines à écrire des pièces avoisinantes.

Malik regarde fixement les cafards au travers des volutes de fumée qu'il recrache : Marlboro rouge pour les connaisseurs. Toutes les quinze secondes, il porte le bout de sa tige aux lèvres. Elle pénètre la broussaille de sa moustache brune, laissant entendre un léger bruissement puis se cale solidement contre sa lippe inférieure. Malik inspire alors profondément et recrache sa bouffée nébuleuse plusieurs secondes après. Machinalement, il alterne cumulo-nimbus grossiers et cercles finement ciselés.

Commissaire Malik, « Milka » pour les intimes, officie dans la PJ de Marrakech depuis plus de vingt ans. Les nuits au poste, ça le connait. La plupart du temps, elles sont très longues et inintéressantes se résumant à un ballet de petits délinquants en tous genres : voleurs à la tire, alcooliques sur la voie publique, prostituées.

Le plus souvent, ces menus actes de délinquance sont directement traités par ses subalternes et sa fonction le cantonne à un poste de surveillant et parapheur de luxe. Quand l'un des interpellés s'avère être plus rétif que la moyenne, il se doit d'imposer son autorité en allant lui clouer le bec, quitte à lui mettre une petite mandale au passage. Ces interventions musclées ne lui déplaisent guère : c'est son petit décrassage à lui, comme les sportifs de haut de niveau ont leur séance de footing d'après-match.

Cela le change de sa contemplation léthargique des cafards.

Il est loin le temps des belles ambitions : faire régner l'ordre et la justice, assurer la protection de la veuve et l'orphelin, garantir la sécurité du Royaume et lui permettre d'entrer dans une nouvelle ère de progrès.

Sa fierté de l'uniforme lui était également passée et sa jeunesse bercée d'illusions lui semblait d'une autre époque. Le commissaire Malik passe pour un homme intègre dans la fonction, ce qui ne lui a pas toujours servi dans son avancement. Il s'accorde néanmoins régulièrement de petits écarts au règlement et accepte bien, ça et là, quelques subsides illégaux. Sans parler de corruption, mot vulgaire et inapproprié, Milka ne rechigne pas à mettre aux oubliettes certaines plaintes contre une poignée de dirhams. Après tout, son traitement n'est-il pas insuffisant pour lui assurer un train de vie décent à Marrakech ? Il faut bien composer avec les réalités du quotidien. Effacer une plainte revient à rendre service à l'incriminé. Son éthique personnelle s'en accommode. C'est une forme de tolérance, censitaire certes, mais pragmatique et rémunératrice.

Sa justice est implacable cependant, à l'encontre des délinquants commettant des actes de violence. Il abhorre la brutalité gratuite ; il déteste les voyous ignares et sans éducation. Il a du mal, à vrai dire, à reconnaître leur part d'humanité aux brutes épaisses prêtes à toutes les violences pour arriver à leurs fins. Sa haine la plus féroce s'exacerbe lors des affaires de viols d'enfants. Il a alors souvent envie de régler directement leur sort aux criminels. Les violeurs de femmes adultes trouvent parfois grâce à ses yeux car la situation n'est jamais très claire et souvent déclenchée par une incitation féminine qui allume le feu intérieur du criminel. Incitation interprétée comme provocation.

Enfin, Malik déteste les islamistes. Leur fanatisme lui fait peur et il adore les mettre au trou. Malgré son éducation religieuse, il n'est pas vraiment pratiquant, sans toutefois avoir rejeté l'Islam. Il adhère à une forme d'humanisme musulman dont la morale le satisfaisait dans les grandes lignes. Malik boit régulièrement de la bière et a trompé plusieurs fois sa femme. Il met à profit son vendredi pour faire la sieste et ne prévoit pas de mettre les pieds à la Mecque dans un avenir proche. Il respecte le culte que pratiquent ses parents et envie leur foi et leur espérance. Il se force à croire qu'elles ne sont pas pure ingénuité.

Bref, c'est un bon gars.

Cela fait bien longtemps qu'aucune affaire ne l'a sorti de sa routine maussade. Rien de bien excitant à se mettre sous la dent dans cette ville devenue si touristique. Trop de pickpockets sans envergure prêts à tous les stratagèmes pour subtiliser quelques dirhams. Comment les blâmer d'ailleurs de chercher à alléger les hordes de touristes de leurs liasses de fafiots tentateurs ?

Plongé dans un océan de médiocrité, Malik sent souvent monter en lui l'angoisse de ne plus exister. A quand la belle affaire à résoudre, les feux des projecteurs, le combat acharné contre les forces du Mal ? Malik attend son heure, fume des malbacks et scrute des cafards…Malik attend son heure, scrute des malbacks et fume des cafards…Tic tac…

—Commissaire ! la centrale au téléphone !

—Autrichien, Disparu, Medina, Wali, musiques métissées…

Malik raccroche, écrase sa cigarette et un cafard. Il claque la porte et démarre en trombe.

CHAPITRE XIV – Orly, terminal Sud

Orly, Terminal Sud, la ruche et les abeilles. Il ne manque que le miel.

Un amas de personnages hétéroclites essaye vainement de récupérer sa carte d'embarquement auprès d'une muraille de bornes inhumaines. Le personnel à terre d'Air France fait comme à son habitude preuve de mauvaise humeur, inefficacité et goguenardise. Le flux humain est plus désorganisé qu'une battue de moutons avant leur tonte. A croire qu'Air France a recruté des gauchos plus gauches que la moyenne.

Angelo scrute l'écran d'annonce des départs. L'embarquement de son vol est attendu dans les temps. Dans quelques heures, il sera à Marrakech. Il a pris sa décision sur un coup de tête : comme souvent, il se fie à son intuition et cette histoire d'enlèvement au Maroc l'inspire. Un petit rien de *l'Enlèvement au Sérail*, peut-être ?

À vrai dire, il souffre d'ennui et d'inaction et bouillonne d'envie d'être sur le terrain et d'y fourbir ses armes de reporter. Peu importe le flacon quand on a l'ivresse ! Le Maroc reste, de plus, une destination facile et accessible et y couvrir une telle affaire ne devrait pas grever de trop son budget de journaliste en herbe. Ce qui lui a tout de suite plu dans cette affaire est l'épais mystère qui enveloppe la disparition de l'autrichien. Pour l'heure, aucune réelle piste n'avait encore émergé et aucune revendication n'a été communiquée. Le mystère reste entier et Angelo a sa carte à jouer. Ayant déjà été à Marrakech, il envisage avec la plus grande excitation l'opportunité d'en faire son terrain de jeu. Il approche des tapis roulants acheminant les bagages à main des passagers vers les machines de détection. Insupportable épreuve des temps modernes que de vider ses poches, retirer ceinture et chaussures, isoler son PC portable et sa trousse de toilette famélique. Il faut ensuite veiller au grain pour être certain de ne pas perdre, voire de se faire piquer l'un de ses effets personnels. Etonnamment, et alors que l'on était à peu près certain d'avoir mis tous les éléments métalliques dans les bacs prévus à cet effet, le portillon se met invariablement à sonner et s'illuminer de voyants rouges. Même les meilleurs élèves se voient sanctionnés par une fouille corporelle virant à la palpation. Exercice intrusif et hautement désagréable pour qui n'aime pas se faire malaxer les bijoux de famille par un inconnu du même sexe.

Angelo a négligemment oublié une pièce de deux euros dans son jean et son impair lui vaut le malaise de cette inconfortable situation. Une fois rhabillé et certain de n'avoir rien oublié, Angelo déambule quelques minutes dans les travées de l'espace *duty free*. N'ayant, à priori, pas besoin de parfum, ni de Toblerone pour mener sa mission à bien, il file à la porte d'embarquement et y pioche le *Figaro* et le *Libération* du jour. Après les avoir feuilletés nonchalamment, il mesure combien ces deux journaux, naguère prestigieux ont mal évolué. Ils s'apparentent maintenant à de réels torchons politiques ayant très mal vécu le virage numérique. La baisse du tirage papier couplée à la baisse de leurs recettes publicitaires n'a pas trouvé de contrepartie équivalente dans la fréquentation de leur site Internet, la vente de bannières en ligne et les revenus d'affiliation.

Au final, ces journaux ont rogné sur la quantité et la qualité de leurs équipes. Les bons partent et seuls restent en poste les journalistes de second rang : les plus dogmatiques, les moins brillants. A l'inverse de ces vendeurs de soupe, des pure-players ont émergé et attirent désormais la plume de jeunes talents : *Tablet News* ou *i-kiosk* supplantent bien souvent *le Monde* ou *le Figaro* par la qualité de leurs articles. Leur mise en page est plus moderne, leur ligne éditoriale est fraîche, novatrice et ouverte. Quinze ans plus tôt, Angelo se serait battu pour intégrer la rédaction du *Monde*, mais aujourd'hui, il faisait tout pour éviter de se voir associé à leurs équipes ringardes et décalées. Il délaisse ces canards boiteux pour observer les passagers l'entourant. Une foule mixte et hétéroclite s'apprête à embarquer charriant des touristes en jean, basket et T-shirt et des familles marocaines « à l'ancienne » : une vieille femme voilée et habillée d'une tunique large masquant difficilement son embonpoint et son mari portant une veste lainée du siècle précédent. Ils trimballent un ballot empaqueté dans du papier Kraft et ficelé comme un rôti. Etrange *melting pot* ; populations irrémédiablement hermétiques l'une à l'autre. L'embarquement immédiat est annoncé et la foule composite se range en file désordonnée. Trop habitué à découvrir en dernier lieu que l'embarquement se fait en bus et qu'il faut alors attendre que tous les passagers s'y entassent avant d'être acheminés vers l'avion, Angelo franchit le seuil en dernier. Manque de chance, il est placé en 17B, entre le touriste à casquette du 17A et la mémé marocaine du 17C. Malgré les efforts de brassage de population de la compagnie, ils n'échangent ni un mot, ni un regard.

Tant bien que mal, il cale sa tête contre le dossier de son siège et s'endort rapidement. C'est la meilleure occupation possible lorsque le sort vous a attribué de tels quidams pour voisins. Angelo s'est toujours demandé pourquoi le hasard ne l'a jamais placé à côté d'une charmante jeune femme voyageant seule.

Angelo est tiré de son sommeil par le steward un quart d'heure avant que l'avion ne touche le tarmac marocain. Les consignes sont formelles, il faut redresser le dossier de son siège lors de la descente. Feindre de dormir n'y change rien ! Il fait beau et l'on peut apercevoir les cimes enneigées de l'Atlas au travers du hublot. Angelo a réservé une chambre rudimentaire dans un hôtel de *backpacker* proche de la place Djema El Fnaa. Il pourra y rayonner sans se faire remarquer et sera aux premières loges de l'enquête.

CHAPITRE XV – Les paupières de Ferdinand

Les paupières de Ferdinand s'ouvrent avec difficulté. Il est plongé dans le noir et n'a aucune idée d'où il se trouve. S'habituant peu à peu à l'obscurité, son regard découvre hébété que quatre murs de béton l'entourent. Froids, gris. La régularité implacable des quatre murs n'est pas même rompue par une quelconque porte. Pas la moindre ouverture donnant sur l'extérieur. Ferdinand est plus étonné qu'angoissé. Que peut-il bien faire dans cette petite pièce obscure ?

Peu à peu, il reprend ses esprits et observe son environnement plus en détail. La très faible source de lumière qui lui permet de distinguer les murs vient du plafond : une petite trappe laissant manifestement filtrer une légère raie de lumière.

Hagard, il ne comprend toujours pas où il se trouve. Empli d'incompréhension, il se met à appeler en allemand. N'obtenant aucune réponse, il reste perplexe. Puis, après plusieurs secondes de silence, il se souvient qu'il est parti en voyage au Maroc avec Nina. Les battements de son cœur accélérèrent quand un flot d'images désordonnées traverse son esprit.

Nina se préparant pour le dîner, son départ dans les ruelles de la médina, son dîner tourmenté puis son retour par la fameuse ruelle tentatrice… Son cœur se serre et paralysé par la peur, il reste prostré dans le noir. Mais où se trouve-t-il donc ? Pourquoi sa vie a-t-elle si subitement basculé ? Par quelle mauvaise fortune se retrouve-t-il ainsi séquestré ?

Il pense soudain qu'il est peut-être en prison. Il aurait trop bu et les autorités marocaines l'auraient placé en cellule de dégrisement. Après tout, ce n'est peut-être pas si grave ni énigmatique. Cela expliquerait aussi sa grande confusion et son état nauséeux. Oui, c'est plausible. Situation minable certes mais rationnelle et extricable.

Qu'il est bon de trouver un appui dans les méandres de l'inconnue vertigineuse. En un instant, il se sent plus fort, presque rasséréné par la vue probable d'un policier bourru. Cela se réglerait bien gentiment par une poignée de dirhams et la semonce de Nina. Très vite, il reprendrait du poil de la bête et repartirait du bon pied. La vie savait distribuer des avertissements sans frais à ceux qui en profitaient un peu trop. Chacun a plusieurs « secondes chances » et l'Homme sort renforcé des épreuves les plus rudes. Heureux…Ferdinand est presque heureux et amusé de sa situation. Quel âne il fait dans son trou à rat à cuver sa gueule de bois…Rassuré, il appelle de nouveau, en français, cette fois-ci et sur un ton plus respectueux pour ne pas froisser l'autorité présupposée de ses geôliers. Pas de réponse. OK, les consignes sont claires : se dégriser, en silence.

La réaction de Ferdinand est mue par une vision progressiste de l'existence. Selon lui, chaque être humain se construit dans le temps, aguerri par les épreuves qu'il surmonte et stabilisé par le socle de ses expériences passées. Cette progression peut connaître des effets d'accélération lors d'événements majeurs tels que la perte d'un proche, son dépucelage ou bien le passage d'un examen. A l'inverse, chacun peut connaître des phases plus lentes voire végétatives comme c'est le cas à certaines périodes stationnaires de la vie active. Jamais l'existence humaine n'a cependant à subir aucune régression majeure. Cet existentialisme progressiste parvient à intégrer, avec cohérence, les évolutions majeures de la fin de vie. Ce que l'Homme perd en vigueur physique est plus que compensé par sa sagesse croissante et le respect de la société à son égard. Puis la sagesse se bonifie pour devenir spiritualité. Enfin, à mesure que les attentes vis-à-vis de notre monde s'amenuisent, celles portées vers l'au-delà se cristallisent. L'homme se détourne peu à peu du bon sens concret de la sagesse humaine pour se consacrer à l'élévation spirituelle.

Cette approche présuppose l'existence d'un au-delà et peut, de fait, en rebuter certains. Elle propose néanmoins la subtilité d'en faire apparaître la prééminence qu'à un stade avancé de vieillesse.

Nul besoin de se complaire en bigoteries et autres bondieuseries tant que l'heure n'approche pas. A chaque âge ses préoccupations...

Ferdinand, lui, est encore dans la fleur de l'âge : entre apogée socio-professionnelle et entrée dans l'ère de la sagesse dynamique ; à mille lieux de toute cristallisation spirituelle.

CHAPITRE XVI – Il fallait être souple

Il fallait être souple…

Plier les jambes afin de descendre doucement en se retenant de succomber brutalement à la gravité. Poser successivement chaque genou à terre puis pencher le buste vers l'avant en étirant son dos au maximum. Basculer en avant, entraîné par le poids excentré de sa tête et freiner la chute pour déposer doucement ses lèvres au sol. Contracter sa paroi abdominale pour redresser son tronc et le positionner à l'orthogonal du sol. Réitérer cette saccade durant plusieurs minutes au rythme d'une douzaine d'allers et retours par minute. Et renouveler l'opération jusqu'à cinq fois par jour.

Il fallait être souple pour être un bon musulman.

Après avoir accompli ce rituel, Othman se releva et frotta sa djellaba pour la dépoussiérer.

Othman n'avait pas toujours porté la djellaba. Il y a quelques années, il portait plutôt le « survêt ».

C'était l'époque où il habitait dans le « 9-3 » et où il s'habillait dans le plus pur style de la Seine-Saint-Denis : survêtement trois bandes, Air max au pied, casquette vissée sur la tête les jours de beau temps et sweat à capuche les jours d'intempéries.

Avec sa bande de lascars, ils passaient pas mal de temps à zoner entre les barres de HLM. Quinze ans révolus : trop vieux pour jouer au foot, trop blasés pour aller régulièrement au lycée, trop ambitieux pour accepter de jouer les gagne-petit en faisant des petits boulots. Bref désœuvrés. Les journées dans la cité se répétaient inlassablement sans qu'aucun événement majeur ne vienne troubler la morosité médiocre de la bande d'adolescents oisifs. Fumette, bières, films pornos et quelques menus accrochages divertissants : piquer des capotes dans des supérettes, feux de poubelle, gentille baston avec les rivaux de la cité voisine. Leur vie, c'était de la merde en barre.

Les plus malins avaient continué le lycée un ou deux ans après les autres mais n'avaient pas persévéré très longtemps. C'était tellement tentant d'aller rejoindre les potes pour glander. Briller en classe était dévalorisé par les lascars. Il fallait faire profil bas, sécher les cours, chahuter pour obtenir de la reconnaissance. L'excellence ou le sérieux n'étaient pas des valeurs reconnues par la bande. Il fallait être courageux, couillu pour être respecté. Y ajouter un zest de vulgarité permettait d'être admiré.

Etre studieux, ça restait un truc de nana. Le mythe de la beurette qui, un jour, serait peut-être appelée à gérer un portefeuille ministériel, ça faisait rigoler tout le monde. Les petites coincées travailleuses qui voulaient sortir grandies de leur cité, ça n'intéressait personne. Et d'ailleurs, si elles s'en sortaient réellement, ces petites garces n'avaient plus un égard pour le milieu dont elles venaient, cherchant à s'affranchir de leurs origines, faire oublier qu'elles sortaient de la rue et réussir à la seule force de leurs talent et volonté.

Et puis généralement, la réussite scolaire ne présumait pas de la réussite professionnelle. Réussir professionnellement c'était un peu comme gagner au loto en termes de probabilité. A la seule différence que cocher six cases ne demandait pas même de savoir écrire ou compter et ne requérait évidemment pas plus d'effort que débourser deux euros. « Un flash patron ». Avoir le bac n'ouvrait plus aucun débouché. Les parents pouvaient bien agiter ce miroir aux alouettes, cet argument n'avait plus aucun poids dans les négociations familiales avec leur progéniture rétive et désabusée. « Ton argument, il est moisi. »

Non, les moyens de réussite étaient peu nombreux : le sport de haut niveau, les émissions de télé-réalité et le deal de drogue. Six lettres D R O G U E, pas mieux. Il ne fallait pas sortir de Polytechnique, l'ENA ou HEC pour comprendre que le deal de drogue était un bon business.

Un prix au gramme élevé, une demande intarissable diffusée au sein de toutes les classes populaires, une fidélisation physiologique du client et un très faible niveau d'imposition. Quand certains acteurs ou footballeurs payaient leur tranche maximale d'impôts, le caïd du coin tournait à 0%. Bref, le modèle économique idéal dans un secteur d'activité rentable et en croissance, encore très fragmenté et accordant une valeur significative à la part de marché locale.

Dealer permettait de gagner de l'argent facile et aussi de bien s'intégrer dans sa classe d'âge. Cela ouvrait aussi les portes de la séduction. Pas des petites polardes à lunettes sans poitrine mais les meilleures nanas du quartier qui se pavanaient au vrombissement d'une Maserati coupée ou au tintement des chaînes en or. Pour tirer son coup avec une vraie bombe, il valait mieux gagner un bon paquet de blé.

Othman n'avait pas fait exception à la règle et était rentré dans le jeu. Comme la plupart des jeunes de son âge, il n'avait pas commencé directement par la vente mais avait fait ses classes comme guetteur. Il fallait gagner la confiance des caïds, petit-à-petit leur prouver qu'ils pouvaient compter sur ton efficacité et ta loyauté. Cette confiance gagnée se monnayait par des petits billets et quelques avantages en nature comme une barrette de shit ou un gramme de coke. Parfois aussi, il avait accès à des soirées sympa où le statut éminent de membre de la bande conférait une sorte d'aura immédiate et lui permettait de tirer un coup.

A la base, Othman n'était pas vraiment un sentimental. Mais vers l'âge de quinze ans, il était tombé amoureux d'une blonde au collège. Elle était mignonne, moins vulgaire que la moyenne et surtout elle était blonde. Ses cheveux clairs et ses yeux bleus l'avaient ensorcelé : elle semblait tellement douce et câline. La complexion nacrée de sa peau, le reflet doré de ses cheveux, son odeur sucrée : son corps tout entier exhalait un souffle envoûtant et exotique qui emplissait Othman d'un désir intense et vrai.

Alors qu'il était généralement sûr de lui et arrogant, il se sentait insignifiant et gauche face à la délicieuse Alina. Il lui arrivait même de rougir, voire de bafouiller, lorsqu'elle avait la délicatesse de lui adresser la parole. Il pensait à Alina tous les jours, espérait la retrouver en cours d'anglais, la guettait durant les pauses. Sans trop savoir pourquoi, il avait l'impression que le courant passait entre eux et qu'elle l'aimait bien aussi. Et un jour son espoir de se rapprocher d'Alina fut comblé. Ils durent préparer un exposé d'histoire ensemble sur la vie à la cour du Roi Soleil. Bien que de nature peu studieuse, Othman se prit au jeu de vouloir séduire et plaire et cet exposé constituait une opportunité rêvée de se rapprocher d'Alina. Alina, de son côté, découvrit un garçon malin, amusant, touchant et maladroit. Sous son enveloppe de petite racaille des banlieues, le jeune Othman était un sentimental. Alina craqua et un jour, alors que leur exposé piétinait mais que leur amour marchait à grands pas, ils échangèrent un langoureux baiser. Le premier vrai baiser amoureux pour Othman. Long, suave, délicieux. Il avait les yeux fermés et tenait la petite main douce d'Alina dans la sienne plus osseuse et sèche. C'était merveilleux, d'une douceur incomparable. Il n'avait jamais vécu un tel moment de douceur, sauf peut-être en remontant à un câlin partagé avec sa Maman une douzaine d'année plus tôt. En cet instant magique, plus aucune barre HLM n'existait, la banlieue n'avait aucune réalité matérielle, le collège et ses contraintes étaient rayés du globe.

Tout cela n'était qu'une chimère. Il était Othman, un jeune homme empli d'un amour inextinguible de l'Humanité et de la Vie. La plénitude de sa confiance dans l'avenir en remontrait à la sérénité de l'instant présent. Leurs lèvres se séparèrent doucement ; Alina lui souriait, son regard azur brillait d'un éclat nouveau et pur. Oui, elle avait, elle aussi, ressenti un bonheur très profond lors de ce baiser et Othman était assurément l'Homme de sa vie. Se tenir les mains, croiser les doigts signifiait pour eux une proximité nouvelle. Cela symbolisait leurs destins croisés appelés à ne plus jamais se séparer.

Un jour, une étincelle allume ce feu intérieur que rien ni personne ne peut éteindre.

Depuis ce merveilleux jour où leurs cœurs se sont unis, Othman voyait le monde avec un prisme différent. Il voulait vivre avec Alina, rire, courir, voler, découvrir de nouveaux horizons. Il voulait la rendre heureuse, fière de lui, entretenir leur amour et fonder une famille belle et solide. Il était jeune mais il savait déjà que son Amour pour Alina était un Amour bâtisseur. Il se sentait prêt à retrousser les manches, à faire des efforts surhumains pour progresser et protéger l'amour de sa vie.

Alina était belle, délicate, rêveuse mais aussi sérieuse. Et peu importe qu'elle soit catholique et non musulmane. Un Dieu commun les avait unis pour dépasser les clivages religieux de cette basse Terre. Tout ceci était tellement insignifiant. Allah, Yahvé, Dieu : Sainte Trinité œcuménique de la planète, priez pour nous.

Un soir, Othman courut pour retrouver son Alina adorée mais il trouva porte close. Non, Alina ne voulait plus le voir… Violée par cinq lascars dont deux mineurs. Une tournante en sous-sol. « Mate la vidéo. T'as vu sa chatte blonde. ». Othman et Alina ne croiseront plus jamais leurs mains timides.

Un jour, une étincelle allume ce feu intérieur que rien ni personne ne peut éteindre.

Alors Othman, désespéré, plongea en pleine dépression et devint le principal consommateur de sa came. Il fumait, se piquait un peu et picolait beaucoup. La vie lui avait souri quelques semaines, pas plus, et la barbarie humaine avait tout foutu en l'air. Il avait bien pensé à venger Alina : tuer les auteurs du viol, les égorger comme des animaux, les saigner…Oui, les barbares méritent un châtiment leur offrant une souffrance extraordinaire car ils pratiquent leurs atrocités sur des victimes innocentes. Aucune punition n'est suffisamment cruelle pour eux.

Mais Othman comprit vite qu'il se heurtait à plus fort que lui. La loi du silence était érigée en vertu cardinale de protection de la Cité. Elle recevait la bénédiction explicite des caïds pour qui le viol en tournante était un rite initiatique, formateur à défaut d'être ludique.

Impuissant et brisé par l'absurdité de l'Humanité, le cœur d'Othman avait cessé de battre. Le souvenir d'Alina mêlait la douceur infinie de leur amour à l'extrême dégoût du supplice qu'elle avait enduré. Il était incapable de dissocier ces deux sentiments extrêmes et leur association abjecte n'appelait en lui qu'une pulsion de Mort.

Il était l'ombre de lui-même, amorphe, éteint. Son état mental ne relevait plus de la dépression mais d'un état de quasi mort cérébrale. Il restait des heures sans bouger ; aucune pensée ne traversait son esprit. Encéphalogramme plat. Les neuropsychiatres auraient pu se pencher sur son cas avec un véritable appétit scientifique. Il est à douter que l'examen oculaire n'eut débouché sur un pronostic encourageant.

Après plusieurs mois de léthargie suffocante, les parents d'Othman prirent la décision de l'envoyer au bled, chez ses grands-parents, au Maroc. Ils habitaient à la campagne à une heure de Casablanca.

Les grands-parents reçurent Othman avec joie mais ne purent que constater avec accablement l'état de déchéance de leur petit-fils. Ils accusèrent rapidement la France de son mal. En fait de terre promise, la France n'était qu'une terre corrompue et décadente. Le pays était devenu l'ombre de lui-même depuis les années quatre-vingts, ayant perdu les valeurs simples du travail et de la solidarité. La Famille y était complètement dissolue avec des taux de divorce atteignant des sommets et un éclatement systématique de la cellule familiale : absence de solidarité transgénérationnelle, manque de respect des aînés, instabilité chronique des ménages en recomposition permanente, violences conjugales, abandon de l'éducation et dérision de l'enseignement religieux. Tel était le visage de la France du point de vue de ces grands-parents simples et constants. Une république en déclin pourrissant de l'intérieur, mourant d'avoir exacerbé ses revendications libertaires et égalitaires au détriment de ses valeurs identitaires, solidaires, familiales et fraternelles. Leur éducation simple leur interdisait d'exprimer précisément cette pensée. Mais telle était précisément leur pensée.

Chez ses grands-parents, les journées d'Othman étaient simples. Il se levait au lever du soleil, aller puiser de l'eau pour sa grand-mère, faisait sa toilette. Il restait assis sur des coussins, à l'ombre d'un figuier et regardait dans le vide. Parfois, il fixait des fourmis, parfois il regardait un oiseau qui s'approchait doucement pour picorer les miettes déposées par sa grand-mère. Il se nourrissait en silence autour d'un plat partagé avec ses grands-parents. Jamais, il ne croisait leur regard, ne leur souriait ou exprimait le moindre rictus qui eut pu signifier une quelconque gratitude ou une once de reconnaissance. Il ne fallait pas interpréter son calme comme un état de sérénité ou de quiétude mais bien de constance vide et apathique.

Après plusieurs mois, son quotidien répétitif s'enrichit du rituel des 5 prières traditionnelles de l'Islam aux côtés de son grand-père. Contrairement à son grand-père qui avait toujours été un homme pieux et juste, aucune Foi ne l'habitait.

Parfois, ils égorgeaient ensemble un poulet ou un mouton. Cette action n'évoquait en lui aucune sensation, pas même lorsque le sang chaud de l'animal lui coulait le long de la main.

Ses grands-parents furent heureux de la participation d'Othman à ces deux nouvelles occupations. Il y virent un progrès significatif de son état psychologique.

Quelques années plus tard, un cousin d'Othman resté au pays rendit visite à ses grands-parents. Constatant qu'Othman était vigoureux mais représentait néanmoins un poids pour ses grands-parents, il proposa de l'emmener avec lui pour travailler comme saisonnier. Les grands-parents acceptèrent, nourrissant le secret espoir d'une amélioration de son état consécutive à cette stimulation nouvelle. Ils accueillirent avec soulagement le départ de leur petit-fils apathique.

Saisonnier, Othman passait ses journées à ramasser des fruits et légumes. Il ne rechignait pas à l'effort physique et était plus que docile, obéissant au doigt et à l'œil de ses maîtres. Il ne semblait pas intéressé par sa maigre paye et ne participait jamais aux agapes des autres saisonniers. Un soir, un contremaître proposa au cousin d'Othman de le garder avec lui. A son tour, il accepta avec soulagement.

CHAPITRE XVII – Avez-vous pu déterminer le lieu exact de la disparition ?

—Avez-vous pu déterminer le lieu exact de la disparition de Ferdinand Prenzlauer ? demanda le journaliste du *Matin*.

—Pensez-vous que la disparition de Ferdinand Prenzlauer soit connectée aux revendications des sahraouis ? poursuivit une journaliste du *Soir*.

Le commissaire Malik, avec beaucoup de métier, ne laissa pas son émotion transparaître. Sans concéder aucune prise exploitable à ces fouilles-merdes de journalistes, il répondit sèchement :

—Laissez notre enquête suivre son cours. Ferdinand Prenzlauer a disparu il y a moins de quarante-huit heures et nous ne souhaitons pas faire de communiqué plus précis concernant sa disparition.

En *off*, il leur expliqua que cela ne servait absolument à rien de le harceler. Ils seraient contactés dès que des éléments nouveaux et tangibles seront connus. D'ici là, il ne fallait pas entraver son travail et rester dans ses pattes comme une paire de « c.... » entre deux jambes. L'avertissement sans frais pour les journaleux était clair. Il ne se sentait pas inquiet le moins du monde. Au Maroc, le journaliste n'était pas Roi.

Une voix jeune et déterminée s'éleva au-dessus de la forêt de micros et autres dictaphones : « Confirmez-vous que Ferdinand Prenzlauer a été aperçu hier soir dans les ruelles du Plaisir ? ». L'assemblée se tut. Malik ne répondit pas à cette provocation déconcertante mais ne put s'empêcher d'esquisser un bref rictus. Son regard noir croisa celui d'Angelo et le fixa intensément quelques secondes. Intimidé, Angelo baissa les yeux incapable de soutenir le duel. Quelques secondes plus tard, alors que Malik avait déjà quitté la salle de conférence et que personne ne faisait plus attention au jeune journaliste, il ne put s'empêcher de sourire. Il était sur la bonne piste.

La conférence de presse avait été fructueuse pour Angelo. Outre le rictus arraché à l'intraitable commissaire Malik, il avait aussi pu saisir un cliché du portrait de Ferdinand projeté à la conférence de presse. Il avait aussi noté avec attention que son épouse s'appelait Christiana et qu'elle était venue en représentation professionnelle. Toutes ces petites informations étaient du pain béni pour l'enquête d'Angelo qui savait faire parler à merveille les moteurs de recherche Internet. Son prochain objectif était d'identifier Christiana Prenzlauer pour exploiter cette piste dans le dos des forces de l'ordre marocaine.

En attendant, Angelo avait faim. Il s'assit en terrasse d'une petite cafétéria qui sentait bon le graillon. Par chance, on était vendredi et l'établissement proposait le traditionnel couscous du vendredi. Angelo ne mit pas longtemps à commander un couscous poulet et un coca frais. Le serveur arriva chargé de plusieurs plats. Leur contenu était gargantuesque : un demi-poulet, une livre de semoule fumante, une soupière remplie de légumes flottant dans leur bouillon et deux petits ramequins contenant pois chiches et raisins secs. Après avoir rapidement saupoudré la semoule de raz-el-hanout et consciencieusement arrosé de bouillon, Angelo se jeta sur sa pitance avec appétit. C'était absolument délicieux et il parvint presque à bout de son plat après une quinzaine de minutes. Il était repu comme jamais. Pour faire passer la dernière boulette de semoule, il avala une lampée de coca et ne put s'empêcher d'exprimer un rot sonore. La fameuse tradition venait donc de là… Autour de lui, une clientèle exclusivement masculine engouffrait des portions au moins aussi impressionnantes que la sienne. Certains avaient pris la formule « mix grill » coûtant dix dirhams de plus. Grâce à ce supplément, ils pouvaient agrémenter leur couscous de plusieurs merguez et différentes pièces de mouton venant compléter le demi-poulet de la formule basique. S'il avait eu connaissance de cette offre plus aboutie, Angelo eût probablement craqué pour un tel assortiment. Cela dit, il ne fallait jamais présumer de ses forces et la clientèle locale avait de l'expérience. Il observa notamment que la plupart des clients accompagnaient leur plat d'un laitage et non d'un soda. Etait-ce là le secret de leur bonne résilience digestive ?

Incapable de faire un mouvement de plus, il s'assura auprès du serveur qu'il n'y avait rien d'indécent à faire une petite sieste sur place et celui-ci le rassura bien amicalement. Rien ne pressait. Il pouvait rester tranquillement sur la terrasse du Café Agdal. Il était toujours bon d'avoir un occidental en devanture de son restaurant, pensa le serveur bienveillant…Cela pouvait en attirer d'autres, mal à l'aise de s'asseoir au milieu de seuls marocains et cela pouvait tout aussi bien attirer des marocains heureux de fréquenter un établissement jouissant d'un tel rayonnement.

Angelo ferma les yeux et se mit à somnoler paisiblement. Il laissa ses pensées vagabonder au gré de ses sensations. Un courant d'air chaud l'enveloppait et il avançait paisiblement dans une vallée encaissée, traversée par un mince filet d'eau. Alors qu'il franchissait un énième ksar, il aperçut au travers du feuillage d'un laurier rose en fleur, une superbe marocaine au bord de l'eau. Elle était penchée sur le ruisseau et lavait, dans son eau claire, un linge aux couleurs éclatantes. Après l'avoir frotté avec énergie, elle alla l'étendre sur un rocher poli par des siècles de chergui. S'en retournant vers le ruisseau, son panier vide contre la taille, elle aperçut Angelo et nullement surprise, lui adressa spontanément un signe amical de la main. Angelo dérouta sa monture à deux bosses vers la jeune lingère. Il dénoua le cheich bleu azur qui le protégeait des assauts du soleil et des nuages de poussière levés par le chergui brûlant. Elle découvrit le sourire pur d'Angelo et lui en retourna un, lumineux. Il put mieux discerner, à l'approche de la jeune femme, les traits harmonieux de son visage et les courbes sensuelles de sa silhouette. Sa tunique humide laissait transparaître une paire de seins lourds et bronzés dont il devina l'aréole fraîche et rosée. Une troisième bosse émergea naturellement dans la tiédeur de sa djellaba et il descendit agilement de sa monture. A quelques mètres l'un de l'autre, les deux jeunes, irrémédiablement attirés l'un par l'autre, pouvaient sentir leur désir réciproque.

Un camion de livraison s'immobilisa et klaxonna à deux reprises. Angelo fut brusquement tiré de sa rêverie par le vacarme du poids lourd. En freinant, il avait levé un nuage de poussière irrespirable et Angelo dut se protéger avec le bas de son T-shirt. Le livreur descendit prestement de son véhicule pour commencer sa livraison de lessive à la laverie voisine. Les bonnes odeurs de lessive étaient maintenant recouvertes par la fumée âcre du moteur diesel assourdissant.

Incroyable comme les sens pouvaient vous jouer des tours pensa-t-il, terriblement malheureux de n'avoir pu conclure sa douce rêverie.

—Chef, l'addition s'il te plaît, demanda-t-il au serveur du boui-boui agacé par ce contretemps fâcheux. Il laissa quarante dirhams et fila.

Rentré dans l'auberge de jeunesse où il avait posé bagage, Angelo récupéra son ordinateur dans le casier de son dortoir et s'installa sur l'un des poufs les plus confortables du lobby. Il avait pris soin de choisir un établissement avec le Wi-fi tant il avait un besoin impérieux de pouvoir se connecter régulièrement dans son activité. Il devait pouvoir suivre l'actualité ou effectuer des recherches rapides sur une personne, un lieu, un événement. Si le cours de son enquête s'accélérait, il lui fallait aussi pouvoir communiquer rapidement à l'extérieur : amis, proches ou agences médias.

En ce milieu d'après-midi, l'espace convivialité de l'auberge était presque vide. Seul un jeune touriste asiatique s'affairait dans un coin, déballant quasi-intégralement son énorme sac à dos. Une fois sorties du sac, il déposait ses trouvailles sur l'un des deux fauteuils environnants. Il venait probablement d'arriver à Marrakech et n'avait pas encore pu récupérer de casier pour entreposer ses effets personnels. Son sac, plein à craquer, débordait d'affaires sales et froissées dont certaines étaient conditionnées dans des petits sacs plastiques hétéroclites. Une odeur de vieilles chaussettes parvenait aux narines effarouchées d'Angelo.

L'un des sacs plastiques devait manifestement se substituer à l'habituelle trousse de toilette du voyageur car la tête brunie d'une brosse à dent en dépassait. Par ailleurs, le sac était maculé d'un résidu blanchâtre qui, de l'avis d'Angelo, ne pouvait que provenir d'un reliquat de dentifrice séché.

Le jeune asiatique continuait à déballer ses petites horreurs sans se soucier le moins du monde de la présence d'Angelo, ni manifester, par quelques gestes empruntés, une quelconque gêne. Le *backpacker* devait avoir l'habitude de voyager seul et de vivre en autarcie.

Dommage d'être jeune, faire le tour du monde et se comporter comme un autiste pensa Angelo en son for intérieur. Mal à l'aise pour le voyageur, il brisa la glace :

—Hi ! I am Angelo. Have you just arrived in Marrakech ?

Le chinois se redressa subitement puis après s'être légèrement incliné en signe de salutation, il répondit à Angelo :

—Hi ! I am Gao Lin from Hong-Kong. Nice to meet you.

Ils échangèrent ensuite cordialement sur leurs raisons respectives de séjourner à Marrakech. Lin était bien en tour du monde et venait d'atterrir au Maroc. Il arrivait directement d'Amérique du Sud. Il avait pris un vol Iberia avec une connexion par Madrid et venait de se poser à Marrakech. Il avait hâte de découvrir l'Afrique. Angelo tut son occupation réelle et expliqua qu'il était venu visiter le Maroc pendant trois semaines. Il venait juste d'arriver aussi. Plus sympathique qu'il n'en avait l'air, Lin proposa à Angelo de se retrouver le soir même pour dîner ensemble. Ce dernier accepta, amusé d'avance d'écouter le récit des tribulations planétaires du jeune hongkongais. Une fois le rendez-vous fixé, chacun se remit à vaquer à ses occupations.

Le chinois sembla enfin trouver son bonheur lorsqu'il mit la main sur une vieille paire de tongs crasseuses. Elles étaient si sales que l'on pouvait distinctement y lire son empreinte de pied. Il devait tailler un bon quarante-six pensa Angelo. L'empreinte était visible en négatif, comme si la crasse avait été projetée consciencieusement avec un spray. Bien que la marque ne fût plus visible, Angelo reconnut un modèle Havaïanas et en déduisit que son nouvel ami était probablement passé par le Brésil. Il y a quelques mois de cela...

Manifestement satisfait, le jeune voyageur se mit alors en slip, enfila ses tongs et attrapa une minuscule serviette râpée et grisâtre. Il se saisit d'un vieux flacon de *Head & Shoulders* et se mit en route. Angelo n'avait jamais envisagé que les asiatiques puissent eux aussi souffrir de démangeaisons pelliculaires. Son présupposé implicite devait probablement trouver son explication dans la pilosité très faiblement développée des asiatiques... Ou alors Lin avait-il acheté ce shampoing au hasard, dans un pays où *Head & Shoulders* bénéficiait d'une part de marché élevée ?

Angelo évita de contempler le corps glabre de son nouvel ami trop longtemps. Il se garda surtout de fixer son slip kangourou. Il était partagé entre rester impassible et poli ou afficher clairement une légère note de dégoût. Dans tous les cas, il fallait évacuer d'entrée toute ambiguïté sur ses penchants sexuels. Certes il avait accepté facilement l'invitation à dîner de son acolyte et contemplait désormais son « paquet », bien moulé dans un slip élimé, mais cela ne trahissait en aucun cas une quelconque inclination pour les hommes. Encore moins pour son nouveau camarade. Il ne fallait pas confondre ouverture d'esprit naturelle et homosexualité. Angelo n'avait absolument rien contre les « homos » mais il aurait quand même mal vécu d'être pris à tort pour l'un d'eux.

Insensible aux états d'âme d'Angelo, Lin avançait en canard, équipé de sa paire de flips-flops crasseuses. Juste avant de quitter le lobby, il demanda à Angelo si cela ne le dérangeait pas de surveiller ses affaires, le temps qu'il prenne une douche. Angelo acquiesça et se garda de lui préciser qu'il était fort peu probable que personne n'approchât son tas de guenilles odorantes.

Il put enfin se mettre au travail. Son objectif était de trouver un maximum d'informations sur Christiana et Ferdinand Prenzlauer et en premier lieu de trouver des photos d'elle. Afin de la reconnaître puis l'approcher. Il était de plus en plus fréquent que chacun ait une trace numérique sur Internet et Angelo était confiant. Ce n'était cependant pas partie gagnée d'avance car les Prenzlauer avaient dépassé la cinquantaine. Selon leur appétence aux nouvelles technologies, leur présence sur la toile pouvait être résiduelle comme importante. Connaissant les ficelles de base du métier, Angelo ouvrit une page google.de et tapa « Christiana Prenzlauer ». Le moteur remontait environ mille-huit-cents pages à partir de ces critères de recherche. C'était un bon début. Très vite, Angelo se heurta à la barrière de la langue car un certain nombre des pages concernées étaient en allemand. Il utilisa alors la fonction traduire la page, ce qui lui permit de déchiffrer le contexte auquel était le plus souvent associé le nom de Christiana Prenzlauer. Elle évoluait apparemment dans le monde de la musique classique, ce qui, pour une viennoise, sembla tout à fait cohérent à notre jeune journaliste. Une fois ces éléments assimilés, il tenta la recherche ultime, dans Google Image. Par chance, une petite photo apparue dans les premières trouvailles du moteur. C'était une photo d'identité mise en ligne sur le réseau social en ligne Xing. Tout comme Linkedin ou Viadeo, ce réseau social permettait de mettre en relation des professionnels aux occupations connexes. Xing avait la particularité d'être un réseau d'origine allemande très fortement concentré sur la population de cadres germanophones. Il avait eu le nez creux. Il cliqua immédiatement sur la petite photo proposée par Google mais il fut déçu par sa taille et sa définition. La photo était difficile à utiliser en l'état. Il prit alors la décision de créer un faux profil sur Xing et pris l'abonnement *Freemium*, gratuit les deux premiers mois. Cet abonnement lui permettait d'avoir accès à cinquante profils par mois. Dès qu'il fut inscrit, il utilisa le moteur de recherche interne à Xing et retomba sur la fiche de Christiana. La photo était cette fois-ci plus grande et disponible en meilleure résolution. C'était parfait. Angelo savait maintenant à quelle porte frapper. Il apprit qu'elle était *project manager* à la *Musikverein* et lut que son dernier projet concernait la mise en scène du célèbre pianiste Andras Schief. Galvanisé par toutes ces découvertes, il ouvrit un nouvel onglet pour affiner ses recherches. Il juxtaposa les deux noms dont il disposait et tomba sur un article récent, rédigé en anglais cette fois-ci. Il relatait le dernier concert du pianiste qui avait été un immense succès. C'était sans oublier l'apport de Christiana Prenzlauer dont le perfectionnisme avait permis au pianiste de se consacrer entièrement à sa partition et à son art sans jamais être perturbé par de quelconques contingences matérielles. Fort de cette réussite, Christiana Prenzlauer avait à cœur d'aller hors des sentiers battus et envisageait de s'attaquer au complexe festival des musiques métissées de Marrakech. Il s'agissait d'un challenge à sa hauteur dont la difficulté résidait dans le respect de cultures différentes : comment leur permettre de s'enrichir mutuellement, sans jamais renier leurs identités, ni sombrer dans une musique fusion, version dégradée et commerciale d'un authentique métissage…..

Bingo, Angelo stoppa nette sa lecture et tapa « musiques métissées Marrakech » dans la version française de son moteur de recherche favori. Il nota l'adresse de l'organisation du festival sur un calepin, l'enfourna dans sa poche et détala. Au diable les vieux slips de son ami hongkongais. Ils se gardaient très bien tout seuls et une association caritative n'en aurait pas même voulu. Sur le perron de l'AJ, il héla un petit taxi et lui donna l'adresse.

—Chou blanc, pensa-t-il.

Les portes de l'immeuble étaient closes. Il était manifestement trop tard et il faudrait repasser le lendemain matin. Déçu, Angelo entreprit de rentrer à pied pour faire des économies et prendre l'air. Ses découvertes en chaîne l'avaient galvanisé et son excitation retombait doucement. Il se rappela son engagement à dîner vis-à-vis de Lin et se mit à regretter d'avoir accepté cette invitation aussi précipitamment. Il avait d'autres chats à fouetter que de dîner avec un touriste chinois à l'hygiène douteuse. Ses pas le ramenèrent néanmoins à l'auberge de jeunesse et il retrouva son compère dans le lobby, douché et sans son sac à dos. Il étudiait son *Lonely Planet* avec méthode et concentration.

Impossible de se soustraire au dîner tant il était évident que Lin l'attendait pour sortir en ville. Ils marchèrent cinq à dix minutes dans les ruelles de Marrakech avant de rejoindre le quartier environnant la place Djema El Fnaa et sa myriade de petits restaurants. Poli, Angelo ne voulait pas forcément imposer à Lin le choix du restaurant. Mais voyant les nombreuses hésitations du chinois et affrontant son questionnement permanent sur la carte de chaque établissement, il préféra trancher quitte à paraître trop autoritaire. Ils prirent place dans l'un des nombreux restaurants de grillades autour de la place.

Angelo entama la discussion en demandant à Lin de lui détailler plus précisément le détail de son périple.

Après avoir travaillé quatre ans et demi en tant qu'ingénieur électronicien dans un grand conglomérat asiatique, Lin avait éprouvé le besoin de prendre l'air. Dès ses premières années de collège, il avait toujours été sérieux et travailleur. Il avait terminé ses études avec une année d'avance et fort de son bon dossier et de ses notes élevées, il avait pu intégrer ce grand groupe, si prisé à Hong-Kong. Lin s'était alors fortement impliqué dans sa vie professionnelle, n'hésitant pas à travailler tard le soir ou à revenir au bureau certains week-ends. A Hong-Kong, il était aussi bien vu de poursuivre sa journée de travail en allant boire quelques verres avec ses collègues. Il était très mal vu de ne pas participer à ces grands raouts entre collègues où les niveaux hiérarchiques s'estompaient et certaines barrières professionnelles sautaient. La participation à ces soirées permettait au jeune salarié de confirmer son intérêt pour le Groupe et son équipe de collaborateurs. Cela l'ancrait définitivement dans l'organisation. C'était un passage obligé pour obtenir de l'avancement et les augmentations qui allaient avec.

La vie à Hong-Kong était très chère et accroître son niveau de salaire était indispensable pour améliorer le quotidien. Lin habitait à plus d'une heure de train de son bureau tant les loyers étaient inabordables en centre-ville. L'île atteignait un niveau de densité parmi les plus élevés de la planète. Il devait aussi rembourser certaines échéances de son prêt étudiant. Bien qu'enfant unique, ses parents n'étaient pas parvenus à mettre suffisamment de côté pour lui offrir ses frais d'étude. Ses parents l'avaient, en revanche, toujours poussé dans ses études afin qu'il puisse réaliser ses rêves.

Après cinq années à ce rythme, Lin s'était habitué à une routine fatigante et peu constructive. Sa vie professionnelle avait complètement pris le pas sur son simulacre de vie personnelle. Il n'avait pas de petite amie, peu d'amis, pas de frères et sœurs et habitait loin de ses parents. Un soir qu'il était seul chez lui, il regardait la télévision tout en avalant une *noodle cup*. Au lieu de regarder l'une des traditionnelles séries télévisées dont il était friand, il avait zappé et était tombé par hasard sur une émission en l'Amérique latine : Argentine, Colombie, Pérou et surtout Brésil. Ce reportage lui avait ouvert les yeux et fait prendre conscience de la médiocrité de son existence. Il approchait de la trentaine et n'était jamais sorti d'Asie. Il ne connaissait rien au monde ; les années passaient ; sa vie n'avait pas de sens. Il était une de ces petites fourmis chinoises, laborieuses et étouffées par la société de consommation.

Les semaines qui suivirent furent extrêmement pénibles. Il avait perdu toute capacité de concentration et sa motivation professionnelle était au point mort. Il manqua plusieurs sorties entre collègues et se rendit compte de la vacuité de son existence en dehors de la sphère professionnelle. Son équipe et son chef lui firent quelques remarques désobligeantes et devinrent plus froids à son encontre. Surtout, il fut pris de paranoïa en s'imaginant toutes les méchancetés qui pouvaient être proférées à son encontre en son absence. Ses collègues ne devaient pas se gêner pour lui casser du sucre sur le dos et prendre de l'avance par rapport à lui. Après à peine plus d'un mois à ce nouveau rythme, il devint réellement dépressif : il souffrait d'insomnie, parlait tout seul et avait pris beaucoup de poids. Il constata même l'apparition de quelques cheveux blancs, ce qui, pour un asiatique même pas trentenaire était plutôt inquiétant.

—J'ai compris qu'il me fallait changer le cours de mon destin quand j'ai commencé à nourrir des pensées suicidaires. Je me demandais qui viendrait à mon incinération si jamais je passais réellement à l'acte. Un jour j'ai failli me jeter par la fenêtre de mon bureau. C'est la pression sociale qui m'en a empêché : j'avais peur de croiser le regard d'un collègue au moment du grand saut.

—Puis j'ai réalisé que mon cas n'était pas si désespéré. Je me suis demandé ce que j'aurais aimé faire avant de mourir si, par exemple, on me diagnostiquait une maladie incurable. J'aurais aimé faire le tour du monde et en voir toutes les facettes, belles ou tristes.

Alors qu'Angelo l'écoutait d'une oreille distraite quelques minutes auparavant, le discours de Lin commença à l'émouvoir. Il s'imaginait la détresse que le chinois avait traversée. Il se rendait aussi compte du privilège dont il avait joui en grandissant à Paris, entouré de sa famille et d'une bande d'amis fidèles. A Paris, la jeunesse était gâtée, abreuvée d'événements culturels, d'expositions, ou autres sorties au théâtre et au cinéma.

Il admirait la force qu'il avait fallu à Lin pour s'arracher à sa condition et sortir de son état dépressif.

Lin poursuivit :

—J'ai aussi réalisé que dans mon immense malheur, j'avais deux atouts de taille. Primo, je n'avais aucune accroche et même si c'était réellement pathétique de ne pas avoir de copine à mon âge, cela me permettait de changer le cours de ma vie du jour au lendemain. Secundo, j'avais pu mettre de côté un pécule non négligeable. Au lieu d'économiser toute ma vie pour acheter un cinquante mètre carré à Hong-Kong, je pouvais tout aussi bien utiliser cet argent autrement. Et puis, pourquoi se suicider avant d'avoir dépensé tout cet argent amassé ? J'ai démissionné en décembre.

—Et comment l'ont pris tes collègues ?, s'enquit Angelo.

—A vrai dire, ça s'est beaucoup mieux passé que je n'aurais pu l'imaginer. Je croyais qu'ils essayeraient de me convaincre de rester ou qu'ils seraient désagréables avec moi. Mais rien de tout ça ne s'est passé. Ils ont très vite intégré mon départ et tourné la page. Je me suis rendu compte à quel point j'étais un pion interchangeable. La petite fourmi travailleuse, rien de plus.

—Et tes parents ? demanda Angelo.

—Pour le coup, l'annonce fut plus difficile. Mon père fut très perturbé et dur avec moi. Il ne comprenait pas mon choix. C'était de la folie, la manifestation d'un manque de maturité criant. J'avais l'âge de me marier, de construire une famille, pas d'aller jouer les aventuriers à l'autre bout du monde. Il était profondément déçu. Je pense qu'au fond de lui, il était contrarié de prendre conscience qu'il n'avait jamais eu le courage de remettre en question le cours de sa vie.

—Maman fut plus douce à mon égard et dans son regard j'ai pu déceler une certaine fierté triste entourant mon départ. Elle était fière que je devienne un homme capable de refuser la soumission. Elle avait enfin parachevé mon éducation. Cela ne l'empêcha pas de beaucoup pleurer le jour de mon départ, ce qui ne fut pas le cas de Papa. Lui m'a serré fort dans ses bras, me demandant de leur envoyer régulièrement des nouvelles.

Lin était touchant. Nous nous étions rencontrés l'après-midi même et il m'ouvrait les portes de son cœur. Il avait probablement besoin de partager ses émotions, d'être écouté. Et évoquer ses parents devait combler en partie le vide de leur absence. J'étais d'autant plus impressionné que j'entretenais en moi l'image de l'asiatique renfermé, ne partageant pas ses émotions avec un étranger extérieur à sa communauté. Ayant quitté Hong-Kong depuis plusieurs mois déjà, il avait dû apprendre à s'ouvrir lors des étapes précédentes de son voyage.

Angelo relança son interlocuteur sur son périple en Amérique du Sud. Sans se faire prier, Lin partit dans une comparaison socio-économique des deux pays continents que sont l'Argentine et le Brésil.

—J'ai beaucoup apprécié l'Argentine pour ses grands espaces et l'attachement des argentins à leurs traditions. La population argentine qu'elle soit d'origine européenne ou indienne a su préserver son identité privilégiant l'entretien de ses racines à l'enrichissement immédiat. Sans jeux de mots, l'Argentine se caractérise par une culture essentiellement extensive. Que l'on parle de culture sociale ou bien d'agriculture ! Les argentins ont une notion particulière de l'espace et du temps ; ils se comportent comme si ces deux dimensions étaient infinies. Les estancias couvrent plusieurs dizaines de milliers d'hectares avec une densité moyenne d'un mouton par hectare ! Les Portenos se retrouvent à minuit pour dîner et sortent jusqu'au bout de la nuit... Les argentins ne s'imposent pas de limite de temps, leur horizon s'étend à perte de vue. J'ai beaucoup aimé cette culture car elle m'a permis de faire le vide et de prendre du recul par rapport à ma situation. D'un point de vue culturel, c'est probablement le pays le plus aux antipodes d'Hong-Kong !

—Durant mon séjour là-bas, j'ai eu la chance de rester une semaine dans un petit pueblo du plateau andin, perché à plus de trois-mille mètres d'altitude. Je l'ai trouvé très paisible et très beau. Alors j'ai décidé d'arrêter ma course-poursuite et d'y poser mes valises. Mes journées étaient simples. Me raser, me promener au milieu des cactus. Sourire aux enfants du village puis jouer au foot avec eux. Cette pause m'a aussi appris à méditer et j'ai repris goût à la lecture. Chaque jour, après la sieste, je me posais deux ou trois heures dans un bel endroit pour lire. C'était la première fois que j'arrivais à lire plus de dix minutes sur mon *kindle*. J'y ai lu des œuvres magnifiques, que j'ai appréciées page après page. Je n'aurais jamais été capable de cela auparavant. A Hong-Kong, j'avais acheté un *kindle* au cas où car je savais bien que je ne pourrais pas trimballer une dizaine de livres et de guides avec moi. C'était uniquement fonctionnel pour m'éviter un bagage trop lourd. Je ne pensais pas réellement me servir de cette liseuse à des fins littéraires. C'était juste un appareil électronique de plus et comme l'électronique avait déshumanisé ma vie, je restais méfiant face à cet outil. Je n'aurais jamais cru pouvoir passer des moments si intenses avec cette petite liseuse pour unique support !! Il ne faut quand même pas oublier le travail de l'écrivain. J'ai lu *Vingt-quatre heures de la vie d'une femme* de Stefan Zweig et mes mains tremblaient à chaque fois que j'appuyais sur le bouton de la page suivante. Les passions mises à nu y sont tellement fortes et Zweig écrit si bien.

Angelo restait bouche bée face à la maturité du chinois. Il n'était pas mécontent que ce dernier parte dans de longues tirades. C'était agréable d'écouter un inconnu confier la beauté de ses expériences passées.

Pour l'encourager, Angelo lui dit qu'il aimait aussi beaucoup Stefan Zweig et la finesse de ses écrits. Le plus impressionnant selon lui était la capacité de Zweig à combiner analyses psychologiques fines et expression débridée des sentiments. Il lui conseillait de lire la formidable biographie de Marie-Antoinette si poignante et haletante. S'il passait par Paris et Versailles, sa lecture en serait d'autant plus émouvante car il serait sur les « lieux du crime. »

A cet instant, un jeune serveur vint prendre leur commande. Simple, ils demandèrent deux tagines au poulet et citrons confits. Côté boisson, ils préférèrent jouer la sécurité avec une grande bouteille de Sidi Ali.

Ne souhaitant pas monopoliser la parole, il le relança sur la suite de son voyage. « Tu disais que l'Argentine et le Brésil sont très différents ? Quelles différences majeures as-tu perçu ? »

—Oui, le Brésil est extrêmement différent de l'Argentine. La culture n'y est pas extensive du tout. Je dirais qu'elle y est passionnée. Le Brésil croule sous les richesses minières et pétrolières. Il y fait constamment beau et chaud. La culture y est principalement urbaine avec des mégalopoles immenses comme Sao Paulo ou Rio de Janeiro.

—Quant aux brésiliens, c'est la population la plus métissée qu'il m'a été donné de connaître. Impossible de décrire le brésilien type. Il recouvre en fait tous les morphotypes de la planète : africain, caucasien, asiatique et latinos bien sûr.

—D'un point de vue culturel, les argentins respectent leurs traditions ancestrales alors que les brésiliens bouleversent le monde par leur énergie débordante. Les musiques et danses brésiliennes sont tout simplement folles et électriques.

—J'ai beaucoup apprécié de découvrir le Brésil après l'Argentine. Je n'aurais probablement pas autant apprécié ces deux pays s'il m'avait été donné de les visiter dans l'ordre inverse.

—L'Argentine m'a permis de faire le point et de me sortir définitivement de mon état dépressif. J'y ai empli mes poumons d'air frais et pur. J'y ai redécouvert la beauté des choses simples. Je me suis reconstruit.

—Je suis arrivé au Brésil, solide et avide d'humanité. J'ai pu y chanter, danser ma joie de vivre.

—Tu sais Angelo, quand je suis monté au Corcovado, je me suis dit que moi aussi j'étais ressuscité. Je ne connais pas les fondements de la foi chrétienne, mais depuis ce piédestal qui embrasse Rio et ses deux baies, j'ai ressenti une grande confiance m'envelopper et une force impressionnante monter en moi. C'était comme si je venais de renaître une seconde fois. Ce jour-là, j'ai appelé ma Mère et je lui ai dit que je l'aimais. Je l'ai remerciée de m'avoir donné la vie. Je lui ai aussi demandé d'embrasser fort Papa de ma part.

Le serveur arriva chargé de deux plats en terre cuite. Il en retira les couvercles en forme de cheminée et deux cuisses de poulet jaunes apparurent. Nos deux compères échangèrent un rapide « Enjoy your meal » et attaquèrent leur pitance.

Fidèle à la tradition française qui consiste à poursuivre la discussion avec son hôte, Angelo essaya de relancer la conversation. Sans succès.

Lin éloigna sa chaise de la table d'une dizaine de centimètres et se pencha vers la table jusqu'à ce que son menton ne soit plus qu'à quelques centimètres de celle-ci. Armé de sa cuillère, il poussait les morceaux de poulets déchiquetés vers sa bouche. Il alternait la mastication de pièces de viande avec l'aspiration bruyante de bouillon chaud.

Etonnant, pensa Angelo. Après m'avoir fait vibrer des plateaux andins à Rio de Janeiro, ce cher Lin n'a jamais appris à partager un dîner à l'occidental ! Après quelques minutes, Lin se releva et Angelo crut qu'il souhaitait enfin lui répondre mais le chinois attrapa les petits osselets de poulet garnissant son assiette et les suça avidement et bruyamment…

CHAPITRE XVIII – Ferdinand est recroquevillé

Ferdinand est recroquevillé dans un coin de sa cellule, prostré. Est-il réellement en cellule de dégrisement comme il se l'est imaginé quelques heures plus tôt ? Il est incapable de réfléchir posément et ne parvient pas à y expliquer rationnellement sa présence. Sa construction intellectuelle lui a apporté un réconfort de courte durée et il est désormais envahi par une angoisse latente face à l'inconnu.

—Nina doit commencer à se faire un sang d'encre, pense-t-il.

—La pauvre…Elle ne mérite pas cette épreuve.

Nina était souvent angoissée par l'absence de nouvelles. Lorsqu'il partait avec Maximilian descendre quelques pistes de ski pour la journée, Nina n'était rassurée que lorsque les deux hommes de sa vie l'appelaient sur la route du retour. Elle avait une propension à toujours imaginer le pire. Maximilian était peut-être sorti de piste en snowboard, Ferdinand avait pu être percuté par un fou de vitesse. Pire, le manteau neigeux était instable et ils avaient tous deux été ensevelis par une avalanche.

Avec un tel retard, et sans nouvelle aucune, Nina doit être morte d'inquiétude. Ferdinand, assassiné par une crapule marrakchi. Cette vision l'aurait fait sourire s'il avait un peu plus de certitudes quant à sa situation. Dans le cas présent, elle accentue son angoisse.

A cet instant, il aurait clairement préféré connaître son sort quitte à avoir peur. Etre maintenu dans l'ignorance de sa condition le ronge.

Une heure plus tard, Ferdinand entend des bruits de pas au-dessus de lui, suivis d'un grincement. Une trappe s'ouvre.

Il lève les yeux au ciel mais est immédiatement aveuglé par la lumière extérieure. Distinguant une vague forme humaine dans le halo de lumière et porté par une vague d'espoir, Ferdinand interpelle la forme :

—Monsieur, s'il vous plaît, pouvez-vous m'aider ? Me dire où nous sommes ?

Aucune réponse. Avant que la trappe ne se referme, il a juste le temps de percevoir un léger tintement, comme si un objet métallique s'était cogné contre le mur.

Inspectant la pièce à tâtons, son pied bute sur un objet. Il met la main sur une gamelle contenant une tasse renversée et de la nourriture. Affamé, Ferdinand se jette sur ce qui semble être du riz froid et engloutit sa gamelle en quelques secondes. Sa pitance est humide. La tasse s'est intégralement renversée sur le riz. Du riz au thé.

L'instinct animal reprend vite ses droits. Affamé, Ferdinand ne pense à rien et remplit le besoin primaire de se nourrir. Il ne pense à rien. Ses mains piochent le riz dans la gamelle et les portent à sa bouche. Puis, n'arrivant plus à modeler de petits paquets de riz avec ses doigts, il porte la gamelle directement à sa bouche et la lape jusqu'au dernier grain.

CHAPITRE XIX – L'exposition rétrospective du peintre Rusar

Charline attendait Sarah sous le porche exigu du musée Rodin. Son amie lui avait donné rendez-vous à quinze heures pour aller voir l'exposition rétrospective du peintre Rusar.

Cet artiste d'origine serbe s'était installé à Montmartre dans les années soixante pour affirmer son art au contact d'autres peintres, sur les traces de leurs prédécesseurs illustres.

Il avait passé ses journées à écumer les rades authentiques du quartier et à peindre cafés, troquets et brasseries dans leur jus parisien.

Il avait eu le bon goût d'éviter systématiquement les clichés montmartrois et la légende voulait qu'il n'ait été qu'une seule fois dans sa vie sur la place du Tertre. Incroyablement déçu par le lieu envahi par les touristes et les peintres du dimanche, il aurait érigé en règle de vie le principe de ne plus y mettre les pieds.

Il avait expliqué, lors de l'une de ses dernières interventions, combien ce challenge absurde avait véritablement électrisé sa vie artistique. D'aucuns diront jusqu'à la folie.

Il avait sillonné la butte mythique, à toute heure, cherchant à capter les vibrations artistiques de ses prédécesseurs et guides. Pour s'imprégner physiquement des lieux et rentrer en communion avec les Renoir, Monet et autres Pissarro, Manet ou Toulouse- Lautrec, il avait arpenté la butte des milliers de fois sans jamais repasser par la place du Tertre…

Il avait acquis la certitude que repasser par la maudite place aurait anéanti l'authenticité de son inspiration montmartroise en liaison directe avec les grands maîtres du siècle passé.

Il avait confessé cette clé d'explication de son œuvre en hiver 2017, quelques mois seulement avant de s'éteindre en mars 2018.

Sarah arriva enfin, après dix bonnes minutes de retard.

—Salut ma belle dit-elle à Charline en lui claquant une bise chaleureuse.

—Désolée, je suis bien à la bourre ! ajouta-t-elle.

—Oh, ce n'est pas grave, j'étais en train de lire la biographie de Rusar. Ce type est dingue. Tu t'imagines qu'il a habité plus de cinquante ans à Montmartre en ne passant qu'une seule fois sur la place du Tertre !

Sarah sortit les deux tickets réservés à moindre coût via son comité d'entreprise.

—Allez, c'est parti ma cocotte ! dit-elle à Charline.

Charline était heureuse de ce plan proposé par Sarah car elle n'avait plus été voir d'exposition contemporaine depuis plusieurs mois. Elle aimait bien sortir le nez de ses antiquités hellènes et romaines. S'y ajoutait l'absence inexpliquée d'Angelo qui ne lui avait pas redonné de nouvelles depuis une semaine déjà...

La rétrospective Rusar était organisée par ordre chronologique et cadencée par les périodes marquantes de sa vie et de son œuvre. Son arrivée à Paris dans les années soixante ; son intégration au milieu artistique montmartrois ; son mariage avec la danseuse ukrainienne Evgenia Pavlova ; la guerre de Yougoslavie qu'il suivit avec angoisse depuis Paris ; sa période provençale et enfin de la perte d'Evgenia jusqu'à la fin de sa vie.

On pouvait aisément percevoir à quel point ses peintures avaient gagné en maturité au fil du temps. Tant du point de vue des sujets traités que de la composition, des traits et de la palette de couleur utilisée. Cette évolution était frappante lorsque l'on comparait son tableau de jeunesse « le Sacré-Cœur » au chef-d'œuvre « Coup de feu au Bouillon-Chartier ».

La première toile n'était qu'une reproduction de bonne qualité de la basilique du Sacré-Cœur avec une nuée de touristes inexpressifs à ses pieds. Le tableau était certes original car peint en contre-plongée mais la palette de couleurs était fade et aucun visage de touristes n'était suffisamment expressif pour humaniser le tableau et le rendre accrocheur.

Quand Rusar avait peint « Coup de feu au Bouillon-Chartier », trois décennies plus tard, on pouvait enfin reconnaître les traits de génie du Maître serbe. L'œuvre capturait excessivement bien l'animation de la brasserie et chaque personnage dégageait profondeur et humanité. Le spectateur était littéralement immergé dans l'animation parisienne du bistrot.

Le commissaire de l'exposition avait, très à propos, décidé de faire inscrire la citation suivante à sa droite. « Dès que je regarde *Coup de feu au Bouillon-Chartier*, je me sens à nouveau parisien. Je déguste un verre de Brouilly après avoir commandé un steak tartare au serveur empressé. Je tends l'oreille pour capter la conversation animée de mes deux voisines…Quand libérerez-vous Paris ?» - Edouard Goldstein – collection particulière – Bruxelles.

Il n'était évidemment pas précisé qu'Edouard Goldstein avait quitté Paris pour Bruxelles en 2013 afin de fuir la politique fiscale coercitive en vigueur. Il n'avait pas non plus souhaité rentrer dans la Ville Lumière après l'arrivée au pouvoir du Front Patriote en 2017.

Cet éclairage eut néanmoins permis aux spectateurs les moins avertis de mieux comprendre toute la subtilité et ambiguïté de la citation du propriétaire de l'œuvre.

Dans ce tableau, Rusar n'avait plus la volonté d'exercer son art, ni de plaire au public en représentant un monument parisien célèbre. Non, Rusar peignait Paris avec amour. Par le truchement des pinceaux, il nous invitait à sa table au Bouillon-Chartier. Preuve d'amour pour l'œuvre : il n'avait d'ailleurs jamais confié ce tableau à aucune galerie et l'avait accroché dans son atelier à Montmartre.

Prenant pleinement conscience de la maturation de l'artiste au fil des salles, Charline et Sarah s'émerveillèrent dans la salle dédiée aux œuvres provençales. Rusar ne s'était jamais complu à peindre Paris dans la grisaille et avait développé une palette colorée dès les années quatre-vingts mais celle-ci avait littéralement explosé lors de ses deux années passées en Provence. Cette période était marquée par un feu d'artifice de couleurs primaires. Ses toiles étaient éblouissantes.

A la fin de la guerre de Yougoslavie, Rusar avait ressenti, de manière impérieuse, le besoin de quitter la capitale. Il avait été trop éprouvé par les récits de guerre de ses compatriotes. Il avait été notamment ébranlé par sa rencontre avec Stefania Cubrilla, amputée de la jambe droite après avoir été abattue sur Sniper Avenue à Sarajevo. Elle avait dû attendre une heure, gisant au sol, avant de pouvoir être secourue puis opérée. Rusar avait souhaité faire le portrait de Stefania Cubrilla de plein pied. Il voulait représenter sans détours les horreurs du conflit. Le « Portrait de Stefania Cubrilla » était d'une beauté saisissante. Son visage dégageait une sérénité impressionnante malgré la profonde amertume de son regard. Elle était belle. Elle vous faisait face et vous dominait de toute sa grandeur. Debout sur sa prothèse et sa jambe restante.

Le « Portrait de Stefania Cubrilla » était la seule toile de Rusar évoquant explicitement la guerre de Yougoslavie. Si belle qu'il n'en avait fallu qu'une. Emue, Charline pensa que l'exposition était remarquablement bien réalisée tant le spectateur était impliqué dans l'émotion artistique ressentie puis mise en couleur par Rusar.

La dernière salle était la plus impressionnante. Elle était consacrée au Chef d'œuvre : « la place du Tartre » qu'il avait peint dans le plus grand secret durant les cinq dernières années de sa vie.

Rusar avait volontairement déformé le nom de la célèbre place qu'il avait consciencieusement puis maladivement évitée tous les jours de sa vie.

A vrai dire, Rusar était devenu solitaire et fou après la perte de sa muse et épouse Evgenia, des suites d'un cancer. Il avait rapidement plongé dans la dépression et la solitude, Evgenia n'ayant jamais pu lui donner d'enfant.

Après la perte de sa muse, Rusar s'était isolé pour peindre seul cet immense tableau représentant une vision déformée et infernale de la place du Tertre telle qu'il se l'imaginait. Sa peinture était devenue torturée et sa palette plus criarde reflétant les troubles de son âme. La place était couverte de personnages difformes mais extraordinairement expressifs. Leurs visages étaient marqués de traits démoniaques d'une incroyable finesse et précision. Chaque personnage semblait plus vicieux encore que ses acolytes.

Contrairement à ses autres œuvres qu'un expert aurait pu rapprocher de Renoir ou Pissarro, il fallait aller chercher Jérôme Bosch pour pouvoir affilier la « Place du Tartre » à des antécédents artistiques.

A l'époque de sa réalisation, Rusar avait confié à ses dernières fréquentations qu'il n'avait jamais autant travaillé sur une toile. Il passait un jour par personnage, selon lui, et la toile en comptait plusieurs milliers !

Pour le commissaire de l'exposition, Rusar avait voulu personnifier chaque journée de tristesse et de solitude passée après la mort tragique d'Evgenia. Il avait également voulu représenter la tentation infernale de repasser, un jour, par la Place du Tertre. Cette tentation absurde le tenaillait et l'accablait si fort qu'il parvint à y résister en peignant, chaque jour, un monstre immonde sur la Place du Tartre. Place imaginaire couverte d'immondices et de personnages diaboliques et tentateurs.

D'une certaine manière, chaque personnage peint était la matérialisation de sa vengeance, un acte pur de résistance face à la tentation de l'absurde. C'était aussi une manière de cocher chaque jour qui le séparait d'Evgenia comme une suprême déclaration d'Amour.

Evgenia était d'ailleurs représentée sur la toile. C'était l'unique personnage parmi des milliers dont le visage était lumineux et beau. En revanche, son corps était à un stade avancé de décomposition, symbole du cancer qui l'avait rongée.

La « Place du Tartre » n'était-elle pas finalement une représentation du Purgatoire où Evgenia attendait Rusar ? Purgatoire que le peintre refusait de rejoindre avant que son heure ne fut venue. Une accablante résistance contre le suicide.

147

Rusar était mort quelques jours seulement après avoir achevé son dernier chef-d'œuvre…Une fois que la Place fut couverte de personnages monstrueux…

Bien que la salle d'exposition de la Place du Tartre fût pleine à craquer, Charline et Sarah pouvaient ressentir toute la détresse des dernières années de Rusar.

Le peintre avait-il pu retrouver Evgenia une fois le sablier de sa vie égrenée ? Le tableau laissé par Rusar transpirait l'angoisse profonde qu'il avait éprouvée durant ses cinq dernières années de vie.

Une fois sorties de la dernière salle, Sarah et Charline firent un passage éclair par la boutique du musée Rodin. Elles n'étaient pas d'humeur à acheter des cartes postales ou autres gadgets marketées à l'effigie de Rusar.

Il faut dire que l'exposition s'achevait par une expérience artistique profondément marquante qui ne poussait pas réellement à la consommation.

Les deux amies avaient surtout besoin de respirer un grand bol d'air frais. Pas de se complaire dans la vulgarité mercantile d'un achat de babiole.

Respirer, reprendre ses esprits, encaisser la claque infligée par Rusar à son public.

Silencieuses, leurs pas les menèrent naturellement vers un troquet de Sèvres-Babylone.

—Ca calme, dit Sarah pour détendre l'atmosphère.

—Plutôt, oui ! répondit Charline en guise d'encouragement.

—Je ne m'attendais vraiment pas à ça… Je connaissais surtout Rusar pour ses toiles de brasseries parisiennes.

Puis, une serveuse apparemment de bonne humeur les interrompit pour prendre la commande. Deux verres de chardonnay pour ces dames. Il n'en fallait pas moins pour leur remonter le moral et changer d'horizon.

—Tu as revu ton Angelo ?, demanda Sarah à Charline.

Les deux amies se connaissaient bien et n'avaient pas de secrets l'une pour l'autre. Heureuse que son amie mit enfin ce sujet sur la table. Charline répondit avec entrain :

—Oui, oui, il m'a invitée à dîner la semaine dernière. C'était top… Il est hyper sympa…Super intéressant aussi. Je trouve qu'il a plus de profondeur et de maturité que les autres mecs de son âge… Et puis, il est quand même canon, baraque, yeux bleus…

Charline hésita à aller plus loin mais retint ses paroles…Percevant l'hésitation de Charline à poursuivre son récit, Sarah la relança sans timidité.

—Et alors, raconte, vous avez fait quoi après le dîner ?

Moins pudique que n'importe quel garçon du même âge, Sarah voulait en savoir plus. S'étaient-ils embrassés ? Avaient-ils couché ensemble ?

Charline connaissait bien Sarah et elle s'attendait bien sûr à ce qu'elle la relance pour en savoir plus. Après tout c'était de bonne guerre. Sarah ne lui avait-elle pas raconté sa dernière histoire avec

Tristan il y a un mois ? Et Charline ne l'avait-elle pas poussée à lui raconter leurs galipettes dans les moindres détails ?

Comment ça s'était passé, le dernier verre chez Tristan, les préliminaires, ses mensurations, la durée de leurs ébats et même leurs discussions jusqu'au petit matin.

Sarah n'avait nullement rechigné à tout raconter en détails : les positions coquines et la gêne éprouvée quelques instants après que Tristan eut joui en elle. Leurs silence et hésitation juste après l'acte puis la difficulté à s'endormir aux côtés d'un quasi-étranger. Enfin, le réveil déroutant dans un lit inhabituel suivi de la dernière petite touche coquine. C'était Sarah qui avait pris l'initiative. Voyant la raideur matinale de Tristan, elle n'hésita pas une seconde à le délivrer de son excitation en prenant son membre en bouche.

Oui, Charline l'avait poussée à lui raconter cette première fois dans les moindres détails, jusqu'aux plus croustillants. Et feignant la gêne et le détachement, Sarah avait pris plaisir à partager la jouissance de ses ébats intimes avec sa meilleure amie.

Malheureusement, Charline ne put que faire le récit de sa fin de soirée chaste avec Angelo. Mais elle essaya de communiquer toute la chaleur de leur promenade nocturne, lorsqu'il l'avait raccompagnée chez elle.

S'attendant à un récit bien plus épicé, Sarah tenta de masquer sa déception, néanmoins perceptible, en dissertant sur le fait qu'Angelo avait l'air d'un mec bien. Même si c'était de plus en plus rare, il y avait encore des gars qui ne couchaient pas le premier soir. Leur première fois serait d'autant meilleure qu'ils auront attendu ce moment tous les deux avec désir. Mais il fallait battre le fer tant qu'il était chaud. A cette remarque, Charline interjecta qu'elle n'avait malheureusement plus de nouvelles d'Angelo depuis une bonne semaine.

CHAPITRE XX – Malik perd patience

C'est la dernière.

Malik fait glisser la cigarette hors de son étui mou, la porte à ses lèvres et l'allume d'un claquement sec de briquet.

Il écrase ensuite rageusement le paquet et le jette en direction de la corbeille.

Raté.

Tout va décidément de travers.

C'est la merde, la grosse merde.

Voilà plusieurs jours que ses hommes ratissent la médina et interrogent leurs « indics » habituels. Voilà plusieurs jours qu'il n'a rien à se mettre sous le chicot.

Rien, que dalle, nada, walou...

L'autrichien s'est volatilisé sans laisser la moindre trace et « tout le monde » s'impatiente.

Il faut dire que cela faisait plusieurs années que les relations entre la vieille Europe et les pays arabes s'étaient refroidies.

La vieille alliance franco-maghrébine avait la gueule de bois depuis la montée en puissance du Front Patriote. Ces enfoirés avaient interdit le port du voile dans les lieux publics. Ils avaient aussi ouvert des prisons spéciales pour maghrébins, soi-disant pour respecter le particularisme de leur culture. Cette mesure avait surtout permis aux nouvelles autorités françaises de parquer les africains du Nord entre eux et d'opérer un simulacre de justice à deux vitesses.

Suite à ces mesures, les relations diplomatiques entre la France et le Maroc s'étaient évidemment refroidies puis tendues. Face à l'affront français, le Roi avait rapidement réagi en annonçant un coup de filet dans les milieux de la prostitution à destination de la clientèle occidentale. Il en avait profité pour mettre au trou une bonne tripotée d'espagnols et de français. Des vieux libidineux sans vertu, famille, ni avenir. Mais les diplomates occidentaux n'étaient pas réellement adeptes des sentences à perpétuité sans possibilité de remise de peine.

La plupart des pays arabes avaient applaudi ce coup de filet des deux mains. Ils se targuaient de vouloir fonder une improbable union panarabe autour d'un retour à la Vertu. Ils voulaient surtout renforcer la légitimité de leur pouvoir en durcissant leur discours et en musclant leurs actions anti-occidentales. Un populisme en vaut un autre…

Et puis, il y avait aussi eu la vague d'attentats de 2016 dans les pays du Golfe. Les terroristes avaient systématiquement visé les ambassades et consulats occidentaux faisant plusieurs centaines victimes. Cela n'avait pas été politiquement très fin de tuer les occidentaux connaissant le mieux la culture arabe et encore moins malin d'associer leurs enfants au massacre.

Bref, « tout le monde » s'impatiente.

Il est même revenu aux oreilles de Malik que le Roi se tient régulièrement informé de l'affaire. Ferdinand Prenzlauer n'est pas un quidam venu se dorer la pilule dans la palmeraie. Son épouse est en voyage quasi-officiel pour bâtir des ponts entre les cultures autrichienne et marocaine. Sa venue a une consonance diplomatique.

Quand les hommes prennent le raccourci de la Guerre, l'Art devient le meilleur détour vers la Paix.

Malik se demande d'ailleurs ce que sa Majesté le Roi peut bien suivre car il n'y a absolument rien à suivre pour l'instant. Il n'a même pas retrouvé le moindre poil de couilles de cet austro-hongrois venu boire des thés à la menthe avec sa grosse.

Malik est généralement un homme affable et patient. Sa patience atteint des sommets lorsqu'il observe, des heures durant, l'évolution erratique de ses propres volutes de fumée. Elle culmine lorsqu'il étudie les allers retours incessants de groupes de cafards entre un point A et un point B.

Mais aujourd'hui, Malik se sent submergé par un très grand sentiment d'impatience.

—Quand ce merdeux d'autrichien va-t-il sortir du bois, pense-t-il, et quand va-t-il nous foutre la paix une bonne fois pour toute ?

Quand Malik s'impatiente, deux options s'offrent traditionnellement à lui : soit il fume abondamment, soit il lance une série d'interrogatoires musclés. En l'occurrence, il vient d'écraser sa dernière clope sous son godillot.

—Allez me chercher les indics et le reste de la racaille, gueule-t-il à ses subalternes.

—Grouillez-vous, bande de tocards. J'aime pas les avoir qui pendent...

Une heure après, une fourgonnette remplie à craquer se gare devant le commissariat et déverse son lot de malfrats en tous genres. Loqueteux, boiteux et morveux sont amenés dans les cellules du commissariat et Malik demande à ce qu'on lui livre successivement chaque « prévenu » dans la salle d'interrogatoire.

Très succinct, le mobilier de la salle se résume en deux petites chaises et un bureau sur lequel chancelle un PC du néolithique. Derrière le petit bureau, trône un assistant sténo prêt à saisir tout élément majeur de la déposition du « suspect ».

Malik commence son interrogatoire.

—L'autrichien, tu l'as vu ?

Etonné le pauvre hère interrogé répond par la négative.

—Allez, dis-moi ce que tu sais vieux kroumir où je vais devoir passer la seconde. Tout le monde ne parle que de ça dans la médina…Tu ne vas pas me faire gober que tu n'as pas un petit tuyau à refiler à ton copain Malik ? Hein ? Alors reprend ton souffle et dis-moi ce que tu sais sur l'autrichien ? Il est passé où ce gros malin ? Sur le cul de ta mère ?

Un peu plus disert, le loqueteux reprend la parole, empressé :

—Mais non commissaire, j'en sais rien… Personne l'a vu du côté de Bab Guéliz… Si je savais, je te dirais.

—Oui, oui c'est ça vieux chacal puant. Tu vas pas m'amadouer avec tes petites leçons de morale…Ce que je veux savoir c'est la vérité. Ça ne m'intéresse pas que tu me serves tes sornettes puantes à un demi dirham ! Allez ressaisis-toi ! Vieille carne rassis !

Le loqueteux restant muet, Malik repart dans sa diatribe véhémente :

—Mon gars, Malik, il voit bien dans tes petits yeux de fennec que tu en sais plus et que tu veux pas tout lui dire…Alors une dernière fois, lâche moi le bout de gras parce que sinon je vais commencer l'interrogatoire façon monsieur muscle, si tu vois ce que je veux dire !

—Mais…

La gifle s'abat sèchement sur le blaze du loqueteux.

—Bah oui mon petit, il fallait s'y attendre aussi. Tu n'es pas très coopératif…Ça ne fait pas vraiment nos affaires tes « Mais M'sieur. »

L'assistant sténo ne tape rien et se tient le plus silencieux possible. L'angoisse de la page blanche peut-être.

—Allez on va faire un petit jeu sympa. Je compte à trois et si à trois tu ne m'as rien dit de brillant, je te ressers la petite sœur. Bien trempée. Je sais que tu les préfères avec du caractère.

—Alors on y va. Un, deux et ...

Le loqueteux reste silencieux et baisse les yeux.

—Et trois. Perdu.

Malik relève son bras et l'abat fermement dans la gueule du prévenu. Sous le choc, son nez commence à saigner sérieusement. Probablement cassé.

—Bon je vois que ça te plait mon vieux. Tu n'as toujours pas envie de cracher le morceau ? Vous lui avez fait quoi à l'autrichien avec tes petits copains ? La danse du ventre pour lui soutirer des biffetons ?

—Allez, c'est ton jour de chance. C'est le moment de passer à table mon gros et je vais pas te laisser repartir sans dessert.

—Il est où l'ostrogoth, bordel de merde ?

Sans réponse du prévenu, Malik prend un peu de recul et, s'appliquant pour ne pas manquer sa cible, écrase son coude dans sa gueule cassée. Quelques dents volent dans la pièce et Malik s'essuie le bras avec un vieux mouchoir graisseux tiré de la poche de son grimpant.

—Bon tu ne m'as pas facilité la vie, vieille crasse. Foutez-le dehors ordonna-t-il à l'assistant sténo. On va prendre la déposition du suivant.

Quelques minutes plus tard, le boiteux prend la place du loqueteux.

La journée d'interrogatoire se poursuit paisiblement au rythme des nez cassés et des yeux au beurre noir. Malgré sa méthode d'interrogatoire bien rôdée Malik n'obtiendra pas plus d'informations. Soulagé cependant d'avoir rempli son devoir de flic, il repart du commissariat le cœur plus léger. La satisfaction du travail bien fait lui mettait toujours du baume au cœur.

Ces méthodes pouvaient sembler, au premier abord, un peu rustres voire brutales mais elles avaient souvent fait leurs preuves. Après tout, c'était toujours dans les vieux pots que l'on faisait les meilleures *chorbas*.

Autant quelques heures plus tôt, Malik naviguait dans un épais brouillard, perdu face à un vaste champ des possibles. Autant, sa série d'interrogatoires lui a permis d'avoir la quasi-certitude que la disparition de l'autrichien n'est pas une affaire anodine liée à quelque larcin basique. Si tel avait été le cas, sa sélection d'indics minables lui aurait permis de glaner de nouveaux éléments d'enquête.

Dans le noir le plus complet, procéder par élimination permettait souvent d'éclairer l'enquête d'une lumière nouvelle.

CHAPITRE XXI – Maximilian pense à son père disparu

Le salon des Prenzlauer était haut de plafond et lumineux. Il bénéficiait d'un éclairage naturel issu de trois puits de lumière percés dans le toit dont un architecte d'intérieur en vogue avait soufflé l'idée à Ferdinand et Nina. Cet aménagement donnait une touche résolument contemporaine à leur espace de vie et diffusait une luminosité constante dans la pièce qui mettait en valeur la chaleur du parquet ancien et du mobilier Biedermeier.

Afin de renforcer l'harmonie ainsi scellée entre tradition et modernité, Nina s'était ingéniée à apposer des bibelots anciens aux côtés d'objets plus modernes. Un tableau du début du siècle figurant les alpages du Tyrol était ainsi éclairé par un luminaire argenté moderne ; un récipient ancien en cuivre jouxtait une sculpture moderne en bronze et plusieurs gravures classiques faisaient face à une huile abstraite aux teintes bleues dur.

Nina avait banni la télévision de la pièce pour éviter toute rupture de l'harmonie esthétique et avait concédé à Ferdinand l'installation d'un système sonore B&O. Plus coûteux que les chaînes hi-fi traditionnelles, il avait le mérite de se fondre dans le décor et d'habiller musicalement la pièce. C'était évidemment clé pour l'activité de Nina.

Affalé dans le canapé du salon, Maximilian se sentait mal à l'aise à la pensée de la disparition inexpliquée de son père.

Son malaise devint plus prégnant encore quand il s'aperçut qu'il ne ressentait pas réellement de tristesse face à cette disparition. Elle l'embêtait, certainement. Il souffrait, bien sûr, à l'idée de la détresse de sa mère. Il espérait, bien évidemment, que l'on retrouvât son père rapidement. Mais il ne se sentait pas vraiment triste.

Maximilian se sentait coupable de ne pas ressentir la tristesse escomptée dans ce type de situation. Pire, il se sentait capable de feindre la tristesse pour évacuer sa culpabilité. Sigmund Freud n'était pas autrichien pour rien.

Déjà, le lendemain de la soirée de ses vingt-cinq ans, il avait pris conscience qu'il ne connaissait que peu son père et avait ressenti le désir de rattraper le temps perdu. Sa disparition allait-elle l'empêcher de mener à bien cette nouvelle quête d'amour paternel ?

Aussi étonnant que cela puisse paraître, Maximilian et Ferdinand avait cohabité vingt-cinq années sous le même toit, mais n'avaient pas su tisser d'authentiques liens père-fils. Ils étaient passés à côté de leur relation. Par pudeur et par manque d'engagement de Ferdinand probablement.

A la naissance de Maximilian, Ferdinand s'était toujours effacé par rapport à Nina dans les soins donnés au jeune nourrisson Maximilian. Il avait pris l'habitude de décliner les invitations à changer les couches ou à donner le bain. Conformément à la mode de l'époque visant un « retour au sein », il s'était aussi vu exclu d'office de potentielles sessions biberon. Et puis son activité professionnelle de l'époque l'accaparait et il n'avait que peu de temps à consacrer à son fils. Maximilian était né à l'âge où un père doit transformer son début de parcours professionnel prometteur en carrière réussie. Il fallait se démarquer, sortir du lot, engranger les affaires. Pour y parvenir Ferdinand n'avait pas économisé son énergie et son temps. Il avait préféré employer son temps libre personnel à entretenir et sauver sa relation avec Nina plutôt que de déployer son affection à toute la cellule familiale.

Maximilian prit subitement conscience qu'il n'avait jamais eu l'impression de faire partie d'une famille unie et solide. Il se positionnait plutôt comme le fils de Nina. Pour lui, la famille se réduisait à la douceur maternelle amputée du réconfort paternel.

Il n'avait pas souvenir de moments réellement heureux avec son père ; de moments où celui-ci avait compté plus que sa mère. Toutes ces années, Ferdinand avait été le passager clandestin de la famille.

Maximilian n'avait jamais été voir Ferdinand à son bureau mais après tout il ne se souvenait pas que Ferdinand soit jamais venu le chercher à la sortie de l'école.

Ferdinand et Maximilian n'avaient jamais joué au foot ensemble ;

Ferdinand et Maximilian n'avaient jamais rigolé ensemble ;

Ferdinand n'avait jamais été camper avec Maximilian ;

Ferdinand ne connaissait pas les noms des amis de Maximilian ;

Ferdinand ne lui avait jamais parlé de jolies filles ;

Ferdinand ne l'avait jamais embarqué dans une virée folle en voiture ;

Ferdinand ne lui avait jamais proposé une sortie McDo-Ciné ;

Ferdinand ne s'intéressait pas à la musique qu'écoutait Maximilian ;

Ferdinand ne suivait pas ses performances scolaires ;

Ferdinand ne lui permettait jamais de regarder le film du dimanche soir ;

Et pourtant, il l'appelait Papa et avait cru l'aimer jusqu'à ce jour.

Non, sa disparition ne l'attristait pas. Elle lui apportait juste l'infime jouissance malsaine de la médiatisation, teintée de l'amertume coupable de son ingratitude.

Au même moment, Ferdinand pensait à Nina et Maximilian. Ils lui manquaient tant.

Il espérait avoir été un bon père jusqu'à ce jour.

A la naissance de Maximilian, il avait compris combien l'enrichissement personnel n'était que pure vanité comparé à l'immense bonheur d'être Père.

Il avait remplacé son appétit égocentrique de richesse par une grande générosité à l'égard de Nina et Maximilian. Il avait travaillé dur pour subvenir aux besoins de sa famille et leur offrir le confort. Au diable les coupés sportifs rouges et bienvenue les vacances en famille sur la Riviera.

Il avait poussé Maximilian dans ses études et lui avait financé tout son cursus à Saint-Gall.

Bien sûr, il ne s'était jamais épanché en affection paternelle débordante et n'avait pas été le père idéal des séries TV américaines. Il n'avait jamais emmené Maximilian à un match de football ou passé un week-end chasse ou pêche entre hommes sous la tente. Mais bon, pour lui, tout cela restait du vent. Il leur avait apporté constance et confort. Et son amour, bien que peu expansif, avait été chronique et fort.

Il ne se rendait pas compte que l'Amour trop discret ne vaut rien.

CHAPITRE XXII – Le chant lancinant du muezzin

Au petit matin, le chant lancinant du muezzin résonne dans les ruelles de la médina. Angelo se demande s'il préfère la version instrumentale des cloches de Notre Dame des Lorettes à cette version a capella de l'appel à la prière. Pourquoi des religions diffusant un message de paix et de sérénité éprouvent-elles le besoin impérieux de réveiller leurs ouailles de si bon matin, pense-t-il ?

Levé et restauré de bonne heure, Angelo prend le chemin des locaux du festival des musiques métissées. Une fois arrivé, il constate avec soulagement que l'accueil est cette fois-ci ouvert. Sans détour, il expose sa requête : rentrer en relation avec Christiana Prenzlauer, la correspondante autrichienne du festival. Se voyant immédiatement opposer une fin de non- recevoir, Angelo utilise la méthode pragmatique du billet de cent dirhams glissé sur le bureau.

—Madame Prenzlauer est descendue dans le riad Bab el Fnaa, glisse alors illico l'hôtesse d'accueil en empochant la mise.

Angelo repart en sifflotant, pleinement satisfait de son affaire rondement menée. Ayant probablement gagné plusieurs heures grâce à ce stratagème éprouvé, il décide de s'offrir une pause-café bien méritée.

Difficile de faire plus lourd que d'infuser directement le café dans du lait entier, pense-t-il. A peine l'œsophage franchi, le café au lait marocain fait l'effet d'une couche de mortier venant peser sur les parois de l'estomac. Une vraie injure au café viennois, songe-t-il, absorbé par son affaire.

Après de longues circonvolutions dans la médina, Angelo arrive devant le riad Bab el Fnaa. Surpris du calme alentour, il vérifie à deux fois ne pas s'être trompé d'adresse. Il sonne à la porte une fois sûr de son fait. Après plusieurs secondes de silence, il entend des pas s'approcher et voit la lourde porte ouvragée s'entrouvrir. Dans un français approximatif, le loufiat s'enquiert de la raison de la visite d'Angelo.

Audacieux, Angelo ne tergiverse pas et dit venir au sujet de l'enquête sur la disparition de Ferdinand Prenzlauer. Il souhaiterait s'entretenir avec son épouse Christiana. Il n'a malheureusement pas pu annoncer sa visite à l'avance et espère qu'elle aura suffisamment de disponibilité pour le recevoir.

Ayant à moitié saisi le jargon ampoulé du jeune journaliste, le loufiat se borne à lui demander : « Poulisse ? ». Vaguement amusé, Angelo reprend affable : « Non, non je ne suis pas de la police mais je cherche à aider Christiana Prenzlauer. »

Le visage du loufiat s'éclaire et celui-ci demande à Angelo de patienter un instant le temps de voir avec Madame si elle est disposée à le recevoir. Il referme la lourde porte et, d'une babouche légère, part s'enquérir de la volonté de la maîtresse des lieux.

Observant Angelo par un moucharabieh et intriguée par la venue de cet enquêteur si jeune, Nina accepte de le rencontrer. Malgré sa détresse réelle, elle ne peut s'empêcher d'y voir une lueur d'espoir.

Après une longue minute d'attente, l'imposante porte en bois sculptée s'ouvre de nouveau et engloutit Angelo. Comme dans un conte des mille-et-une nuits, celui-ci a le sentiment d'avoir frotté la lampe d'Aladin dans le bon sens et donné le précieux sésame.

Tourmentée, Nina le reçoit sans s'être apprêtée autant qu'à son habitude : décoiffée, non maquillée et légèrement dépenaillée.

Amateur de beautés naturelles, Angelo n'est pas insensible au look de cette quinquagénaire séduisante. Sa chevelure blond cendrée lui donne l'apparence d'une femme mature qui s'assume et s'accorde particulièrement à sa plastique encore avantageuse. N'étant pas tirée à quatre épingles, comme à son habitude, Nina dégage une attirance certaine et son débardeur laisse deviner sa poitrine généreuse et probablement encore ferme.

Son regard bleuté rencontre immédiatement celui d'Angelo.

—Nina Prenzlauer, enchantée. Savez-vous où mon mari se trouve ? Cette attente est insupportable…

Un instant gêné d'avoir considérée Nina comme une possible proie sexuelle, Angelo se ressaisit vite et après une brève présentation, lui répond :

—Madame, je ne peux malheureusement pas vous apporter cette information aujourd'hui mais je cherche à vous aider et à localiser votre mari. Je comprends votre détresse et votre impatience à le retrouver. Je cherche sincèrement à vous apporter mon aide mais, pour ce faire, j'aurai besoin de vous poser quelques questions.

Déçue, le regard de Nina se trouble quelques instants, perdant de sa détermination initiale. Une fois de plus, ce messager n'est porteur que de nouvelles interrogations et angoisses.

Angelo se lance :

—J'aimerais savoir quels étaient les projets de votre mari hier soir avant sa disparition ?

Ayant l'impression de ressasser sans cesse les mêmes informations inutiles, Nina reprend le fil de sa déposition à la police.

—Hier soir, je suis allé dîner avec les organisateurs du festival des musiques métissées. Ferdinand ne souhaitait pas m'accompagner car il n'est pas friand de ce genre de dîners officiels. Il voulait profiter de sa soirée pour se détendre : dîner dans un petit restaurant et bouquiner je crois.

—Et savez-vous dans quel restaurant, il avait prévu de dîner ? demande-t-il à Nina.

—Un petit restaurant marocain pas loin de notre riad. La baraque je crois ou quelque chose comme ça. Mais vous savez jeune homme, j'ai déjà tout raconté à la police et je suis vraiment fatiguée.

—Je comprends, Madame, et je n'ai plus qu'une dernière question à poser : aviez-vous remarqué quelque chose d'étrange dans le comportement de votre mari plus tôt dans la journée ?

—Non je suis désolée, je n'ai vraiment rien remarqué de spécial. Tout allait bien. Enfin, je crois…

—Vous êtes sûre ?

—Mais non ! s'emporte-t-elle en éclatant en sanglot. Mais non…je ne suis sûre de rien. Sinon nous n'en serions pas là…

Angelo se rend compte qu'il l'a poussée un peu loin. Il manque manifestement encore d'expérience pour les interrogatoires à chaud. Il se promet de travailler ce point-là plus à fond une fois rentré à Paris.

Angelo se lève et pose sa main, d'un geste assuré, sur l'épaule de Nina.

—Je vous comprends, Madame, veuillez excuser ma maladresse.

Il avait tout de même intégré certaines bases fondamentales de l'empathie. Surplombant légèrement Nina, assise, Angelo ne peut s'empêcher de regarder quelques secondes le décolleté pigeonnant de la jeune quinquagénaire. Décidément troublant.

Comprenant qu'il était temps de laisser Nina seule, Angelo lui tend une carte avec ses nom et numéro de portable dessus. « Si jamais vous avez besoin de me contacter, je reste à votre entière

171

disposition. » lâcha-t-il. Puis il tourne les talons sans attendre ni salutation, ni remerciement.

CHAPITRE XXIII – Ses mains moites et visqueuses

Ses mains moites et visqueuses baignent dans la chaleur du sang.

…

Il jaillit encore avec une pression significative, moindre cependant que la minute précédente.

…

L'écoulement devient plus irrégulier, spasmodique.

…

Les derniers battements, encore haletants l'instant d'avant, s'effacent pour laisser place au néant.

…

Minute de silence et d'apaisement.

…

Othman desserre doucement l'étreinte de sa main droite et laisse s'affaisser le corps sans vie de Ferdinand. Son sang se mêle à la terre battue sèche et coagule en une glaise originelle. La scène est presque belle, baignée par une lumière sourde et transcendantale.

…

« Presque », car rien ne doit masquer l'horreur primaire de l'égorgement de Ferdinand.

Quelques minutes avant, Ferdinand entend des pas et espère que son attente et ses angoisses vont bientôt se dissiper. Il envisage au pire un dialogue avec son ravisseur, au mieux une assistance salvatrice.

Un homme entre dans sa geôle et s'approche de lui. Enfin un être humain, un alter ego partageant avec Ferdinand la même humanité.

Pour ne pas brusquer l'étranger, Ferdinand lui adresse doucement la parole. Misérable et anxieux, il quémande pitié et condescendance. Il espère recevoir une once de compassion ou échanger un simple regard. Ferdinand ressent son dernier frisson de vie dans l'espoir du dialogue.

Mais Othman n'est plus un homme depuis longtemps. C'est un automate déshumanisé et violent. Il repousse Ferdinand brutalement et le jette au sol.

Ferdinand le supplie et lui demande grâce. Il n'a ni le réflexe ni le temps de se défendre.

L'automate attrape son cou et le serre comme celui d'un poulet.

Ferdinand hurle de désespoir. Il pense à Nina et Maximilian. Il les aime tant. S'il avait su, il aurait vécu différemment. Mais la vie n'a plus de sens, c'est de la merde. Il a la nausée. Il pleure, il vomit. Il ressent toute l'absurdité de l'existence en un instant, comme un flash. Dans ce flash, il y a les interrogations suivantes :

—A quoi bon avoir œuvré toute sa vie pour ne pas en récolter les fruits ?

—Pourquoi s'être efforcé, avec volonté et persévérance, d'être un homme bon si le sort de chacun est arbitraire ?

—Pourquoi le Mal survit-il au Bien ?

Dans ce flash, il y a le dégoût instantané de la vie et la tristesse immense de la quitter.

L'automate sort sa lame. Avec habitude et précision, il lui tranche la gorge. Sans trembler, il étouffe les derniers tressaillements de vie de Ferdinand. Ses mains moites et visqueuses baignent dans la chaleur du sang. Il les essuie sur sa djellaba, crache au sol et sort de la pièce.

CHAPITRE XXIV – Angelo interrogeait le gérant de la Baraka

Angelo interrogeait le gérant de la Baraka quand la ruelle abritant le restaurant s'emplit subitement d'une agitation remarquable.

Un homme de forte stature vociférait en arabe et fut rapidement entouré d'une dizaine de riverains et badauds. Chacun d'entre eux se mit graduellement à vociférer à son tour.

Un amateur de psychologie des foules aurait certainement apprécié l'observation de la séquence suivante :

—Vocifération d'un individu isolé ;

—Attroupement rapide autour de lui ;

—Intensification de la clameur ;

—Extériorisation de l'excitation de la foule en gestes turbulents type « moulinets » dans un premier temps puis en mouvements violents dans un second temps.

Pour Angelo, cela ressemblait à s'y méprendre à un début de baston dans les albums d'Astérix et Obélix. Ou alors à l'arrivée improviste des frères Dalton dans le *saloon* où Lucky Luke sirotait paisiblement un scotch. Bref, ça sentait le roussi.

Le gérant interrompit Angelo et rentra dans la mêlée pour s'enquérir de la situation. Angelo craignit un instant le pire pour son témoin. A sa grande surprise, le restaurateur se débrouilla extrêmement bien. Son agilité doublée d'une souplesse rafraîchissante, lui permirent d'accéder rapidement au fauteur de trouble initial. Ils échangèrent quelques volubiles harangues, indistinctes et incompréhensibles à l'oreille d'Angelo, puis il repartit en un slalom efficace, ponctué de quelques feintes de corps. Angelo y reconnut l'aisance de l'ancien serveur, expert en évitement d'obstacles imprévisibles.

A peine essoufflé, le gérant dit à Angelo :

—Ton allemand a été retrouvé dans un fossé en dehors de la ville.

Naïf, Angelo lui demanda où il pouvait le retrouver. Le restaurateur lui répondit, laconique :

—Ils l'ont égorgé.

Choqué, Angelo garda le silence. Il était aussi choqué par la tournure barbare des événements que par la naïveté consternante de sa question. Il n'avait, à vrai dire, jamais envisagé que la situation puisse virer au drame si brusquement. Comme la plupart des jeunes de son âge, il était conditionné à ignorer le malheur, aveuglé par une quête éperdue du bonheur.

« Egorgé ». Le mot donnait des frissons à Angelo. Il avait du mal à concevoir que tout ceci pouvait être réel. Et pourtant le sang avait coulé. Cette subite familiarité avec l'horreur l'indisposa. Son objectif était de couvrir un événement, de mener une enquête. Pas d'assouvir une passion de charognard voyeur.

Il repensa à Christiana Prenzlauer. Sa vie était brisée. Elle aura finalement perdu tout sens en quelques heures. Absurde éradication d'un bonheur construit méticuleusement pendant des dizaines d'années. Incompréhensible anéantissement de la dignité humaine.

Un instant, il pensa à tout arrêter. Jeter l'éponge. Quitter la ville maudite. Fuir pour survivre. Et tout oublier. Le journaliste n'était-il qu'un fouille merde obséquieux dont la popularité et le succès se bâtit au détriment des gens normaux ? Ne fallait-il pas laisser les autres tranquilles ? Leur donner une chance de se reconstruire sans attiser leur détresse existentielle ?

Circulez, il n'y a rien à voir. Les éléphants se cachent pour mourir.

Les images morbides se bousculaient dans la tête d'Angelo. Il quitta les abords de la Baraka pour fuir l'indécente agitation auteur du fauteur de trouble. Au plus profond de lui-même, il ne voulait pas s'assimiler aux badauds excités par l'odeur du sang. Des hyènes pensa-t-il.

Il marcha longtemps. En silence. Plusieurs heures. Il cherchait à évacuer les images abjectes qui remontaient à son cerveau. Egorgé. Lame. Trancher. Gorge. Sang.

Après plusieurs heures d'errance, Angelo se ressaisit et prit le parti d'aller sur le lieu de la découverte du corps de Ferdinand Prenzlauer.

Comment pouvait-il avoir imaginé baisser les bras alors que ce type d'événements constituait l'essence même du terreau journalistique.

Il fallait témoigner, couvrir les événements, y compris les plus atroces. Non pour faire leur quelconque publicité mais pour combattre la barbarie et refuser son déni.

Censurer la barbarie revient à la cautionner, se dit-il.

Il s'agissait juste de savoir traiter ces sujets avec toute l'humanité requise.

L'écueil du sensationnalisme affleure sournoisement dans les circonvolutions des reporters mais c'était autant céder à la facilité de le contourner trop amplement que de s'y échouer…

Il fallait être brave, comme le maréchal Ney en son temps, pensa-t-il.

Angelo héla un taxi et lui indiqua la direction à suivre. Le taxi roulait à vive allure, emporté par la mélodie entraînante d'une techno arabe contemporaine. Par la fenêtre ouverte de la 308 sable, Angelo aspirait l'air à pleine bouffée et dévorait le paysage des yeux.

Des enfants jouaient au bord de la route. Un vieux paysan rentrait à la campagne à dos d'âne. Deux vieilles fatmas assises sur une grosse pierre péroraient gentiment. Le lauriers roses étaient en fleur. Il sentit un frisson de vie le parcourir.

Une dizaine de kilomètres plus loin, la circulation devint plus dense jusqu'à ce que son taxi s'immobilise. Un convoi de véhicules de police stationnait plus d'une centaine de mètres en amont. Angelo comprit qu'il était temps de régler la course. Achevant le trajet à pied, il atteint un cordon de sécurité où plusieurs dizaines de badauds se bousculaient pour apercevoir le corps de Ferdinand. Les plus jeunes faisaient des acrobaties pour l'immortaliser avec leurs smartphones mais la foule était tellement dense qu'il était peu probable qu'aucun d'entre eux ne prit de cliché valable.

Armé de son appareil reflex numérique, Angelo dénotait. Il se fraya un chemin à travers le tumulte pour atteindre le cordon de sécurité. Apercevant le commissaire Malik près du cadavre de Ferdinand, il saisit sa chance auprès de l'un des plantons garant de l'ordre. Fort de son apparence occidentale et de son équipement professionnel, il lui demanda s'il pouvait rejoindre le commissaire. La prononciation méticuleuse du nom « Malik » sembla faire son effet sur le policier. Il lui fit un geste rapide de la main en disant :
—Passe si tu connais le commissaire.

Une fois de plus l'audace payait. Etonné, Angelo se demanda si son passage du cordon relevait de la chance ou du talent.

Il n'eut pas le temps de répondre à cette question et empoigna son reflex pour zoomer sur le corps de Ferdinand. Il était encore à bonne distance mais ne voulait pas rater l'occasion de faire un cliché dégagé. Il appuya trois fois sur le déclencheur. Ayant l'impression que l'une des prises était réussie et ne souhaitant pas attirer les foudres des forces de l'ordre, il arrêta les prises de vue et s'approcha de Malik.

Il distinguait de mieux en mieux le corps de Ferdinand Prenzlauer. Celui-ci était recroquevillé, couvert de poussière et de sang coagulé. Un nombre important de grosses mouches bourdonnaient autour du cadavre. On aurait dit une grosse charogne, comme une bête crevée qui aurait été heurtée par un camion et abandonnée au bord de la route. C'était moche mais pas si impressionnant. En fait, Angelo ne pouvait pas voir le visage de Ferdinand, ni sa gorge entaillée, ce qui banalisait la scène.

Intimidé, Il finit par aborder Malik :

—Commissaire, nous nous sommes vus à la conférence de presse, il y a quelques jours. Puis-je vous poser quelques questions ?

Malik se retourna et dévisagea Angelo :

—Tu es le fouille-merde qui a parlé de la ruelle des plaisirs.

Assertive et directe, sa réponse n'avait rien d'une question.

Décontenancé par l'excellente mémoire de Malik plus que par sa formulation franche, Angelo ne put réprimer un écarquillement de sourcils.

—Oui, vous avez une très bonne mémoire, commissaire. C'est bien moi. J'enquête sur la disparition de Ferdinand Prenzlauer.

—Et bien tu vois mon coco, ton enquête s'achève ici. Ton Ferdinand est aussi vivace qu'un rat crevé. Ils l'ont égorgé et balancé au bord de la route. Ça te va ?

—Qui ça « ils » ?

—Dis donc Tintin, tu bosses pour qui toi ? Parce qu'on n'est pas vraiment à *Question pour un champion* là. Alors ça va sortir où tes samalek ?

—En fait, je suis reporter indépendant, journaliste d'investigation à mon compte. Bien qu'il n'eût jamais vendu quelque reportage que ce soit, Angelo trouva que sa réponse « claquait » bien. Apparemment, sa réponse plut aussi à Malik qui accepta de poursuivre la discussion.

—Ah c'est bien ça, tu es le petit frère de Tintin ! Il est où ton Milou ?

Sans dévier de sa trajectoire, Angelo reposa sa question :

—Qui entendez-vous par « ils », commissaire ?

Décidément ce freluquet sous-alimenté lui faisait bonne impression, pensa Malik. Il avait de la suite dans les idées ce gosse. Il méritait qu'on lui lâche un peu de biscuit. Mais attention, Malik avait des années de carrière derrière lui et il n'allait pas se faire retourner par le premier pré-pubère venu.

—Ecoute mon gars, on va pas épiloguer et discuter le bout de gras à côté de l'austro-hongrois en décomposition alors allons derrière le panier à salade veux-tu. Ça fera des vacances à nos narines, si tu vois ce que je veux dire.

—Ce flic était vraiment une caricature, pensa Angelo. Il aurait bien passé plus de temps avec lui pour mieux connaître le personnage !

—Alors voilà ce que je te propose le reporter en herbe : tu me montres ta carte d'identité, je la prends en photo, tu me donnes quelques dirhams et je te dis des petits trucs croustillants qui vont égayer ta pige. *Capisci* ? Comme ça, si tu décides d'en dire plus que notre script initial, je te retrouve et je te fais une spéciale Malik. Tu vois, une formule bien rafraîchissante qui calmera tes ardeurs de jouvenceau en rut pour de longues années.

Ne laissant rien paraître de sa frayeur, Angelo répliqua :

—OK, tu prends combien ?

—Et bien c'est deux-cents euros mon bon ami. Tu peux oublier les dirhams, je trouve ça *old school* et puis j'ai pas forcément envie de finir ma vie à bouffer des pois chiches. Toujours OK ?

—Le salaud, pensa Angelo. C'est une somme rondelette.

Comprenant qu'il n'a pas le choix, Angelo sortit sa carte d'identité. Laissant Malik la photographier avec son téléphone, il ajouta :

—Je te donne cent euros tout de suite et cent à la fin, tu comprends ?

—Ok jeunot, c'est de bonne guerre. De toute façon, avec les infos que je vais te filer, tu fais une bonne affaire et tu auras bien envie de repasser par la case Malik dans le futur. Et oui, les petits jeunes comme toi, il faut bien les fidéliser, pas vrai ?

—J'en suis certain ! Alors c'est qui « ils » ?

—Attends, on va se mettre à l'abri.

Malik l'entraîna avec lui et s'alluma une Marlboro rouge. Il lui tendit son paquet en ajoutant :

—Je t'en offre une blanc bec ?

Tendu par la situation, Angelo accepta la cigarette de Malik et tira une grosse bouffée introductive. La cigarette lui procura une sensation de détente agréable dont le bénéfice lui sembla supérieur au goût âcre du tabac inhalé par forte chaleur. Finalement, les Marlboro rouges étaient meilleures que les Light plus aseptisées et dont on pouvait sentir que le goût avait été travaillé pour en rendre la consommation addictive. Il avait déjà eu la même sensation avec le Coca light par rapport au Coca rouge.

Il retira plus paisiblement sur sa cigarette et écouta Malik.

—Jeune premier, je ne te le répéterai pas deux fois mais je suis une source anonyme. Donc tu ne me cites jamais et tu ne dis pas « de source policière ». Y en a un qui s'était permis de le faire il y a quelques années et ça ne lui a pas valu le Prix Nobel de la Paix. Ton ami Malik s'est fait un grand plaisir de lui cogner sur la trogne. On aurait pu l'appeler *Elephant Man* le pauvre loustic…Ça aussi c'est clair ?

—Bon, mais je vois dans tes yeux de biche effarouchée que tu as bien compris le message. Tu ne m'as pas l'air trop niais…Alors *andiamo*. Ton austro-hongrois, là, il s'est fait trancher la gorge par des barbus. Et oui mon gars, ils ne se rasent pas la barbe mais ils savent manier le mach 3 les guerriers d'Allah. A côté, je suis une petite frappe mon vieux.

—Ce type n'a décidément aucune limite…, se dit Angelo.

—Je continue ou tu veux la version quatre lames avec Wilkinson ? Tu sais, il y en a un paquet de barbus dans le coin mais ceux qui lui ont fait du mal, c'est certainement les zigues du Croissant noir. Je te le dis parce que ton copain boche, il lui ont tatoué un petit croissant noir sur la main. Certainement après l'avoir zigouillé. Du coup, il y a quatre-vingt-dix pourcent de chance que ce soit les rigolos du Croissant noir et dix pourcent de chances que ce soit des rigolos encore plus marrants qui s'amusent à se faire passer pour eux.

—Et alors comme je vois que tu es né de la dernière pluie, je vais t'en apprendre une belle. Ça sera ton petit bonus à toi. Ici, à Marrakech, les Croissants noirs, ils ont leur petit pré carré. Ils aiment bien quand tout le monde est bien propre sur lui. Et ils sont très méchants avec ceux qui font des infidélités à bobonne. C'est un peu la brigade des mœurs locales, sauce ketchup si tu vois ce que je veux dire. Bref, ton Ferdinand, il peut plus ouvrir sa braguette mais elle a peut-être quelque chose à raconter.

—Alors voilà, tu peux aligner les biffetons restants parce que Malik a fini de causer. Merci ! Pas de photo ! Inutile d'applaudir et rideau !

Médusé, tant par la tirade de Malik que par les informations collectées, Angelo tira deux billets de cinquante euros et les tendit au commissaire.

—Y a bon Banania, dit-il en empochant les billets.

—Ce type est timbré, se dit Angelo qui tourna le dos et s'apprêtait à partir.

Mais Malik le retint pour une dernière saillie :

—D'ailleurs chapeau bas, l'appareil photo sur patte, t'avais visé juste avec ta ruelle des plaisirs….Il a dû s'y passer des trucs… Comme quoi, la vérité sort de la bouche des enfants et c'est souvent le premier jet qui atterrit dans le pot de chambre… Ciao Bambino !

—Complètement barré ! se dit Angelo en s'éloignant de l'officier de police.

Saisi d'une inspiration spontanée, il dégaina son reflex, zooma sur le corps de Ferdinand et le mitrailla pendant une quinzaine de secondes. Incognito, il quitta définitivement les lieux.

Très excité, ses pensées fusent et s'entrechoquent : le cadavre poussiéreux de Ferdinand Prenzlauer, les chicots putrides du commissaire Malik, ses injures et grossièretés compulsives, l'attroupement malsain des badauds autour du périmètre de sécurité, le bourdonnement des mouches obèses, le Croissant noir tamponné sur la main de Prenzlauer, le marchandage nauséabond du flic, le goût corsé de la Marlboro rouge…

Cet imbroglio d'images, de sons et d'odeurs tourbillonnent dans la tête d'Angelo. Le flux s'accélère et s'emmêle en un nœud de sensations hétéroclites. L'adrénaline dans la nausée, le dégoût dans l'énergie.

Epuisé de tant d'agressions sensorielles, Angelo stoppe sa marche. Il inspire et expire calmement durant un nombre incertain de secondes.

Puis le vide chasse le tumulte. Sa longue marche l'apaise. Ses pas le guident jusqu'à l'auberge. Il se jette sur son lit et s'endort profondément.

Le souvenir de la veille lui paraît surréel. Sceptique, Angelo reprend son réflex numérique et repasse ses dernières photos en revue. En un clic, elles le replongent dans la terrifiante réalité. Il découvre ses photos volées du cadavre de l'autrichien. L'une d'elle, fortement zoomée, cadre parfaitement le corps sans vie. Elle saisit immédiatement Angelo d'effroi. Sa charge émotionnelle est maximale. Le corps inerte est recroquevillé sur lui-même et couvert de sable coagulé. L'angle de vue permet d'apercevoir une partie du visage du mort : livide, rigide, morbide. Agrandissant l'image, Angelo aperçoit la marque du Croissant noir sur la main bleue du cadavre. Le cliché est net et l'on distingue sans difficulté la signature du groupuscule islamiste.

VOLET III

« La vie est un mystère qu'il faut vivre, et non un problème à résoudre. »

Gandhi

CHAPITRE XXV – Allongé sur le lit de son bungalow malaisien

Allongé sur le lit de son bungalow malaisien, Angelo reste éveillé, songeur. Il pense au chemin parcouru ces cinq dernières années depuis son audacieuse équipée au Maroc. Son enquête réussie lui avait permis de publier un reportage de plusieurs pages dans le *Courrier International* sur l'enlèvement puis l'exécution de Ferdinand Prenzlauer. Il avait surtout réussi à rentrer en contact avec les leaders du Croissant noir marocain, ce qui était une première. La presse avait émis de nombreuses louanges sur son audace et son talent et son reportage avait été relayé dans la presse internationale. Selon ses pairs, il avait fait preuve d'un professionnalisme d'une grande maturité pour son âge.

Cela lui avait permis de nouer de nombreuses relations et de partir, pour *Political Views*, sur les traces des factions islamistes indonésiennes. Fort de sa légitimité acquise lors du reportage précédent et de son esprit conquérant, il s'en était plutôt bien tiré même si ce second reportage eut un retentissement moindre que le premier. Mais, les professionnels dirent de lui qu'il avait « confirmé ». Sa réussite n'était pas de la chance ; il avait sa place dans le milieu.

Angelo s'était, de fait, spécialisé sur les problématiques islamistes internationales. Au début des années 2020, les groupements islamistes avaient pris une ampleur sans précédent bénéficiant de l'explosion démographique des populations musulmanes et de l'accroissement des financements disponibles. L'investissement des pétrodollars dans l'économie mondiale générait une rente sans précédent qui était plus ou moins bien redistribuée aux autorités locales. De nombreux détournements avaient permis aux groupes islamistes de se financiariser. Certains avaient même directement investi dans le tissu militaro-industriel. Ces inquiétantes dérives avaient, de surcroît, désavantagé les populations musulmanes modérées qui s'étaient vues privées d'une manne dont la redistribution aurait initialement dû leur bénéficier. Les classes populaires, pratiquant un Islam tempéré et ouvert, étaient les premières victimes des détournements de fonds vers les franges les plus radicales de la société. Cette catégorie de population souffrait de paupérisation accélérée dans la mesure où elle ne touchait plus suffisamment d'aides pour les soutenir dans leurs difficultés. Certains, parmi les plus affaiblis, basculaient dans la misère puis venaient grossir le rang des extrémistes.

Depuis la fin des années 2010, le centre névralgique de l'islamisme mondial s'était déplacé à l'Est entre le Pakistan, l'Indonésie et la Malaisie. Le réchauffement climatique avait eu pour conséquence de dépeupler significativement le Moyen-Orient. Les températures étaient devenues invivables toute l'année et la climatisation trop coûteuse pour devenir systématique. Les populations arabes s'étaient majoritairement installées en Indonésie et en Malaisie concentrant dans la région les moyens humains et financiers supportant le développement des islamistes. La Chine peu engagée sur ce terrain géopolitique jusqu'alors avait été contrainte de se substituer aux Etats-Unis dans son rôle de gendarme du monde. Certains conflits localisés, mais d'une violence extrême, avaient plusieurs fois embrasé la région mais le gendarme chinois avait toujours su jouer de la matraque à bon escient. D'une certaine façon, les flux migratoires récents avaient permis de déplacer la problématique islamiste loin de l'Europe et des Etats-Unis et de les placer directement sous la surveillance de la nouvelle hyperpuissance mondiale. Un mal pour un bien

Angelo se mit ensuite à penser à Charline. Cela faisait plusieurs années qu'ils se tournaient autour. Ils étaient sortis ensemble quelques mois au retour d'Angelo du Maroc puis ils avaient cassé. En fait, Angelo était très occupé, à cette époque, par la gestion de sa renommée naissante. Il avait même pris la grosse tête, enivré par ses premiers cachets et la célébrité. Comme tout jeune homme impétueux de son âge, il en avait profité pour faire la tournée des boîtes branchées et séduire des jolies filles. Il était rare qu'Angelo ne rentre pas accompagné de ces soirées. Il avait pris confiance. Surtout, les filles le regardaient différemment. Comme un homme de pouvoir. Un homme qui compte. On le présentait comme Angelo Fontaine, le reporter qui avait infiltré les réseaux islamistes les plus opaques au monde. Cela faisait son petit effet et les groupies affluaient. Il représentait l'aventure, le courage. A une époque où la plupart des trentenaires vivaient encore chez leurs parents, il faisait figure de parti idéal. Viril et beau par-dessus le marché.

Désormais, Angelo rentrait dans tous les clubs les plus selects, quel que soit son accoutrement. Il en jouait un peu, portant un vieux jean déchiré et des Converses alors que les videurs ne toléraient cette tenue que sur un nombre très limité de VIPs. Pendant trois ou quatre ans, il avait adoré cette vie alternant reportages trépidants et vie parisienne haletante. Après plusieurs semaines de baroude, il rentrait à Paris et s'offrait du bon temps avec de jeunes mannequins draguées dans les clubs du huitième arrondissement. Chaque soir, il ramenait une nouvelle fille dans son lit. C'était divin. Paris était un véritable Paradis où toutes les plus belles femmes du monde croisaient dans quatre ou cinq arrondissements. Quel bonheur ! A trente ans à peine, Angelo avait eu la chance de faire l'amour avec des blondes, des brunes, des rousses. Des ukrainiennes, des asiatiques, des argentines, des blacks, des brésiliennes, des allemandes... Il avait goûté toutes les saveurs féminines au Monde. Il était éperdument omnivore.

Heureusement, la montée en puissance du Front Patriote n'avait pas mis à mal la superficialité cosmopolite de Paris et pour un bon français comme Angelo Fontaine, il y faisait encore bon vivre.

Parfois, au milieu de ce gynécée orgiaque, il avait besoin de revoir Charline. Depuis leur rupture, ils se voyaient tous les six mois environ.

Pour lui, elle incarnait la fille « bien », celle avec qui l'on veut avoir des enfants, fonder une famille. Celle aux côtés de qui on aimerait devenir adulte et vieillir. Il l'invitait à dîner, en bon compagnon et ils faisaient le point. Charline avançait dans ses études d'archéologie. Elle avait eu la chance d'aller passer six mois faire des fouilles sur un site archéologique majeur en Syrie. La Syrie faisait partie de ces pays qui avaient été désertés après la guerre et suite au réchauffement climatique accéléré. Elle travaillait maintenant dans le département des antiquités grecques, étrusques et romaines du Louvre. Elle trouvait son travail passionnant car le fonds du Louvre possédait encore des milliers de pièces qui n'avaient jamais été classées. Elle pouvait mener ses propres fouilles archéologiques en plein cœur de Paris !

Il y a dix jours, de retour d'une expédition dans des factions islamistes se cachant dans les montagnes malaisiennes, Angelo avait éprouvé le besoin de passer une dizaine de jours au soleil pour se reposer et méditer. Il voulait prendre du recul sur sa vie. Au plus profond de lui, il se sentait structurellement insatisfait. Certes, il faisait le métier de ses rêves. Certes, il avait l'impression de servir le monde en éclairant sa situation géopolitique. Certes, il avait la vie facile et prenait un plaisir immense avec les plus belles femmes de la planète. Mais Angelo ressentait une vacuité profonde en lui. Il manquait d'unité et surtout de partage. Il ne pouvait se confier à personne ; il ne partageait aucun moment fort avec un être aimé. Ses passades sentimentales étaient de courte durée : c'était déjà un exploit s'il restait quelques semaines avec la même fille. Angelo construisait pour les autres en apportant une vision de plus en plus subtile et expérimentée des enjeux géopolitiques mondiaux mais il ne construisait rien à titre personnel. Un vrai château de cartes émotionnel.

Alors, après dix jours seul en Malaisie, s'astreignant à ne pas passer de coups de téléphone, ni aller sur Internet, Angelo vit clair. Il vit qu'il voulait être sur cette plage avec Charline et aucune autre personne. Il vit qu'il voulait discuter avec elle pendant des heures, partager ses angoisses et confier ses envies. Il vit qu'il voulait la rendre heureuse. Il comprit que le bonheur ne se trouve pas dans la recherche des plaisirs mais dans le sourire de l'être cher. Un soir, il appela Charline, pour discuter. Cela lui fit un bien immense. Ils étaient à plus de dix-mille kilomètres l'un de l'autre mais il avait l'impression de ne jamais l'avoir quittée. Le son de sa voix l'apaisait. Il aurait pu l'écouter des heures. Sa fierté l'empêcha de lui dire à quel point elle lui manquait et il lui passa un coup de fil « en ami ». Angelo ne dormit pas de la nuit. Il avait la boule au ventre. Il ne pensait plus qu'à Charline. Il essayait de se souvenir en détails de son visage mais son image lui échappait. Plusieurs fois, il alla regarder des photos d'elle sur Internet pour apaiser son manque, comme un drogué se fait un fix.

Au petit matin, Angelo sort de son bungalow, s'assoit sur le sable et regarde le soleil se lever sur le lagon. Le ciel ensanglanté inonde le lagon noir-orange. Il fait bon. Un courant d'air chaud caresse le torse nu d'Angelo. Exceptionnellement, il s'allume une cigarette. Il est cinq heures du matin en Malaisie ; onze heures du soir en France. La décision d'Angelo est prise. Il se connecte sur Internet et change sa vie. Incapable de rappeler Charline et de lui expliquer, il lui envoie un texto lapidaire :

—Charline, c'est Angelo. SOS va vite voir tes mails.

A l'autre bout du globe, Charline est dans son bain. Elle repense à l'appel d'Angelo. Elle l'aime bien mais elle ne se sent pas à la hauteur. Et puis, elle n'est pas son type de fille. Il est tellement exigeant sur le physique. Son portable vibre. Qui peut bien lui envoyer un texto à une heure si tardive ? Sarah, peut-être, qui voudrait annuler leur déjeuner prévu le lendemain. Charline sort de son bain et s'enveloppe dans une grande serviette blanche. Elle enroule sa chevelure dans une seconde serviette plus petite. Enfin, elle se penche sur son portable. Angelo ! Elle lit le texto. Sa première réaction est une réaction de peur. Que lui est-il arrivé ? Charline fonce sur son portable et lance sa messagerie. Enfin, l'ordinateur charge ses mails et au milieu de plusieurs spams de ventes privées et d'offres de covoiturage, elle identifie le mail d'Angelo. Elle l'ouvre et lit :

Charline, tu me manques.

Viens me retrouver en Malaisie.

Je t'embrasse.

Angelo.

PS : je t'ai pris un billet pour Kuala Lumpur demain à 14 heures. A très vite.

Charline se sent mal à l'aise. Elle n'y croit pas. Elle a l'impression d'être victime d'une plaisanterie de très mauvais goût. Elle relit dix fois le message et dix fois le texto. Pourtant c'est bien le numéro d'Angelo ; c'est bien son adresse mail.

Elle prend son téléphone et appelle Angelo. Il ne répond pas. Elle ne veut pas lui laisser de message sur sa boîte vocale. Elle ne sait pas quoi dire. Elle rappelle. Une fois, deux fois, trois fois. Rien. Elle est hors d'elle. Qu'est-ce que c'est que cette mascarade ! C'est absurde, ils ont passé trois quarts d'heure ensemble au téléphone. Et là, ces deux messages courts et abscons. Et puis ce « Je t'embrasse. Angelo » tellement équivoque, qui ne veut rien dire !

Charline est assise sur le bout de son lit, son téléphone sur les genoux. Elle attend. Rien. Après plusieurs longues minutes, elle rappelle s'attendant à tomber de nouveau sur la messagerie. Elle entend un clic, on décroche :

—Allo, Charline ?

—Oui, Angelo ?

—Oui, c'est moi. Ça va ?

—Oui… Tes messages...

—Oui, viens me rejoindre Charline. J'ai besoin de toi.

—Alors, ils sont bien de toi ?

—Oui, Charline, je suis désolé…Viens, je t'expliquerai… Enfin…
Tu comprends… Tu me manques… J'ai envie d'être avec
toi… Viens. Je t'attends.

—D'accord… Je comprends…

—Je t'embrasse.

—Moi aussi.

Angelo raccroche. Chacun reste assis hébété.

Angelo est heureux et fier de lui mais l'attente est
interminable. Il se sent tout petit. Pas de nouvelles de Charline. Va-t-
elle venir ? Quoiqu'il arrive, il n'a pas le choix et doit rejoindre
Kuala pour l'accueillir. Il laisse de l'argent à l'hôtelier en essayant
tant bien que mal de lui expliquer qu'il fait juste l'aller-retour.
Preuve de sa bonne volonté, il lui laisse des affaires.

—Il va retrouver une femme. Enfin, sa femme et reviendra avec elle
dans deux jours. Ce serait bien de ranger la chambre et de préparer
un beau bouquet de fleurs.

Il part avec un petit sac à dos. Dans le bus, il relit mille fois le
texto envoyé à Charline. C'est sa manière à lui de se pincer pour
revenir à la réalité. Au fond de lui-même, il attend une réponse de
Charline mais depuis leur dernier coup de fil, rien. Pas un message.
Est-elle bien montée dans l'avion ?

A l'aéroport, il attend des heures ; Il tourne en rond, fume, boit des cafés. Il achète la presse anglo-saxonne mais ne parvient pas à lire un article. Il scrute son portable…Si Charline est dans l'avion, elle ne pourrait de toute façon pas lui écrire…Pas de texto…Au moins, pas de texto lui annonçant qu'elle ne vient pas. C'est déjà ça. Enfin, l'atterrissage de l'avion est annoncé. Avec une demie heure de retard. La plus longue demie heure du XXIème siècle. Angelo voit le Boeing 777 se poser sur la piste. Il est énorme. Charline est-elle à l'intérieur ? Le temps passe. L'horloge tourne. Angelo recommande un énième café. Enfin, les premiers passagers arrivent. Angelo assiste impuissant au déversement d'une foule nombreuse et anonyme. Pas de Charline à l'horizon. Il voit passer des centaines de visage. Le flux de passagers est dense puis se tarit doucement. Rien. Angelo se sent mal. Son cœur bat à cent à l'heure. Les affres du café certainement. Dépité, Angelo s'apprête à tourner le dos.

Mais soudain, sa vie s'illumine. Il aperçoit Charline au-delà des portes de la douane en train de refermer son sac. Elle est magnifique. Il l'aime. Elle avance, belle et fragile vers la sortie. Elle regarde droit devant elle. Angelo s'avance. Son cœur bat à cent à l'heure. L'amour indubitablement. Charline l'aperçoit et sourit. Quel sourire ! Invraisemblablement magnifique. Elle accélère le pas et continue de sourire. Angelo court vers elle. Elle lâche son sac de voyage et se jette dans ses bras. Ils restent enlacés de longues secondes puis s'embrassent passionnément.

Prévenant, Angelo lui demande si elle a fait bon voyage. Elle sourit et lui répond, complice : « je n'ai pas dormi du vol… ». Il prend son sac sur l'épaule et lui prend la main. Avant de monter dans le minibus, réservé pour leur retour, ils s'embrassent de nouveau. Longuement. Durant le trajet, ils n'échangent pas un mot mais leurs mains ne se quittent pas. Charline s'endort, la tête sur l'épaule d'Angelo.

* * *

Quelques jours plus tard, Angelo sort de l'eau cristalline du lagon et remonte sur le sable blanc. La plage, immaculée, s'étire sur plusieurs kilomètres, lovée contre un lagon turquoise sublime. Angelo, encore ruisselant, rejoint sa serviette.

Il reste debout, au soleil, et contemple la peau cuivrée de Charline. Elle s'est assoupie au soleil et Angelo se délecte de la vue de son corps étendu. Ses longues jambes bronzées s'étirent jusqu'à ses jolies hanches arrondies. Charline porte un bikini rouge foncé mettant bien en valeur son bronzage uniforme. Angelo caresse sa taille fine puis son ventre plat des yeux. Son regard remonte jusqu'à sa poitrine gonflée qui se soulève à chaque inspiration. Angelo sent un désir puissant monter en lui et ses tempes battre au rythme de l'accélération de ses battements cardiaques. Il s'allonge le long du corps de Charline, encore endormie et glisse sa main dans le creux de sa taille accueillante. Comme par magie, le contact de son torse mouillé contre le dos brûlant de Charline l'éveille en douceur. Au fil de son réveil, Angelo la serre plus intensément et dépose de légers baisers salés sur son épaule. Enfin, Charline se réveille et il la caresse tendrement.

—On remonte ? lui propose-t-il doucement.

Ils se lèvent et rassemblent leurs effets personnels. Angelo prend la main de Charline dans la sienne et ils remontent vers leur bungalow doucement comme deux amoureux qui marchent pieds nus dans le sable. Arrivés dans leur bungalow, Angelo ferme la porte et allume le ventilateur. Il enlace Charline dans ses bras et l'embrasse passionnément. Charline laisse faire. Elle laisse Angelo dénouer son haut de maillot et caresser sa poitrine blanche. Doucement, ils s'approchent du grand lit en bambou tout en continuant de s'étreindre fougueusement. Ils finissent enfin par s'y allonger et font l'amour intensément…

Après leurs ébats, chacun bascule de son côté du lit. Charline s'endort paisiblement ; Angelo reste éveillé, songeur.

CHAPITRE XXVI – Ding…Ding…Ding…

Ding…Ding…Ding…

Seul le tintement des cuillères sur les assiettes vient égayer le silence du souper.

Cuillère après cuillère, les assiettes se vident sereinement.

La soupe a été moulinée avec soin.

Les légumes du potager sont rustiques mais goûtus.

Leur saveur simple apporte du réconfort au palais de chacune.

La journée a été longue et remplie tant du point de vue spirituel que des efforts physiques déployés dans la propriété.

Certaines se resservent d'une louche. Non par gourmandise, mais pour honorer la nature bienfaitrice et les cuisinières. Tout le monde n'est pas aussi bien loti. C'est une grande chance d'être nourrie à sa faim.

Satisfaire ses besoins primaires, à la juste mesure, pour libérer sa spiritualité.

Ce temps de mastication est aussi un temps de réflexion.

La soupe est achevée ; une convive par table se lève pour desservir ses voisines.

En silence. Seul le glissement de leurs pas feutrés se fait entendre. Le service est apaisé sans être lent. Ce temps de rangement est aussi un temps de réflexion.

Chaque serveuse apporte un pain de campagne et un plateau de fromages. Elle rompt le pain pour les convives de sa table et leur donne en ne disant rien. Ce temps de partage est aussi un temps de réflexion.

Les fromages sont simples mais variés et naturels. Certains fondent agréablement dans la bouche. D'autres se croquent savoureusement. Chaque fromage est le fruit du travail des Hommes. Ce temps de dégustation est aussi un temps de réflexion.

Dans le silence le plus profond, une corbeille de fruits passe de main en main. Chaque main pioche un fruit, sereinement, sans hésitation. Chaque fruit est pioché avec joie. Aucun n'est choisi au détriment des autres.

En un geste alenti, sœur Christiana pèle une pêche. Elle est juteuse et sucrée. C'est le fruit délicieux de la Terre qui récompense le travail des Hommes. Ce temps de délectation est aussi un temps de réflexion.

Sœur Christiana achève sa pêche en silence. Elle essuie ses mains avec une serviette blanche. Elle la plie puis la repose sur la table. Elle jette un œil à sa montre et sourit imperceptiblement.

Après quelques minutes de silence, toutes les religieuses se lèvent en un seul mouvement. Chacune regagne sa cellule.

Christiana Prenzlauer est religieuse depuis deux ans. Après trois longues années de désespoir et d'errance, Nina a trouvé la sérénité en devenant veuve consacrée dans la congrégation carmélite de Linz.

* * *

Avant d'entamer son cheminement dans la vie religieuse, elle avait atrocement souffert de la mort de Ferdinand. Lorsque le commissaire Malik était venu lui annoncer la triste nouvelle, elle s'était effondrée. En un instant, sa vie s'était décomposée. Elle avait perdu tout son sens.

Ferdinand et Nina avaient construit un couple solide depuis plus de vingt-cinq ans. Leur complicité était sans faille reposant sur un amour robuste et passionné. Pas à pas, ils avaient trouvé ensemble leur équilibre familial, social et professionnel. Ils pouvaient compter l'un sur l'autre.

Ils avaient aussi réussi à entretenir la flamme originelle de leur rencontre. Celle-ci avait même grandi au mépris des dangers de la vie. Ils étaient épanouis et fous amoureux.

Brisée, Nina avait été rapatriée à Vienne par les autorités autrichiennes. Elle s'était immédiatement murée dans un silence autistique et avait évidemment arrêté toute activité professionnelle. Il eut été indécent de poursuivre son projet d'organisation du festival des musiques métissées dans ces circonstances. Surtout, elle n'en avait aucune force.

La présence de Maximilian à ses côtés était trop douloureuse et elle le somma de quitter le domicile familial. Elle ne supportait plus de voir cette relique vivante de son amour avec Ferdinand. Sa vision l'ulcérait.

Nina était devenue insomniaque, incapable de s'endormir avant deux heures du matin. Souvent, elle revoyait Ferdinand lui masser la nuque sur une terrasse ensoleillée de Marrakech. Puis ce souvenir était brusquement interrompu par l'image du cadavre désarticulé de son mari. L'image de Ferdinand à la morgue de Marrakech la hantait. Il était livide, morbide, méconnaissable. Bien qu'ayant refusé de voir Ferdinand pour une dernière fois, la police marocaine avait exigé qu'elle reconnût le corps. Elle aurait préféré se jeter sous un train plutôt que d'endurer cette épreuve mais la bonhommie du système policier marocain l'y avait contrainte. On lui avait arraché sa dernière parcelle d'humanité.

Pour parachever sa descente aux enfers, le journaliste français Angelo Fontaine, avait publié un reportage sur l'enlèvement puis la mort de Ferdinand. Il avait poursuivi l'enquête et était rentré en contact avec certains dirigeants du Croissant noir. Fièrement, ceux-ci avaient revendiqué l'enlèvement puis l'exécution de ce dernier. Il avait bien été égorgé. Pour apporter la preuve de leur acte d'engagement politique, ils avaient transmis à Angelo quelques photos du corps baignant dans son sang. Le reportage eut un immense succès et aucune photo ne fut censurée. Il fut évidemment relayé abondamment en Allemagne et en Autriche et Nina ne fut pas épargnée.

Un élément nouveau apporté par le travail d'investigation d'Angelo Fontaine fut la certitude que Ferdinand avait été enlevé aux abords de la ruelle des plaisirs après son dîner à la Baraka. Angelo soutenait la thèse que le Croissant noir prélevait ses otages parmi des occidentaux clients de la prostitution locale. La démarche du Croissant noir se voulait avant tout moralisatrice. La mouvance islamiste cherchait à punir des occidentaux dépravés venus assouvir leurs fantasmes au Maroc. A l'appui de sa thèse, il mit en perspective plusieurs affaires d'enlèvement récentes qui semblaient effectivement corroborer ses arguments. Sans jamais accuser explicitement Ferdinand d'adultère, le lecteur pouvait néanmoins constater un faisceau de présomption troublant.

Le reportage d'Angelo avait eu un retentissement important. Il constituait un rebondissement significatif de l'enquête policière en lui apportant des pistes nouvelles. Les enquêteurs marocains comprenaient enfin le relatif engouement des classes populaires pour le Croissant noir qui protégeait certaines valeurs fondamentales de l'Islam telles que la fidélité et la famille. Cela expliquait certainement la difficulté d'obtenir des informations fiables sur l'organisation, agissant comme une brigade des mœurs locale. La thèse développée par Angelo permit surtout aux équipes du commissaire Malik d'initier une surveillance accrue des lieux de prostitution à Marrakech puis d'y mener de vastes coups de filet.

Nina vécut cette période en martyr. Sa dignité était foulée aux pieds par la presse internationale. L'exécution atroce de Ferdinand n'avait pas suffi. Leur couple méritait une seconde mise à mort.

N'ayant jamais été jalouse, ni méfiante à l'égard de Ferdinand, elle lui avait laissé une grande liberté. Cette liberté laissait maintenant place à un doute insupportable. Elle en était rongée au plus profond d'elle-même.

L'avait-il réellement trompée ? Combien de fois ? Depuis combien de temps la trompait-il ? Avec quelle sorte de femmes ? Des prostituées ? Une amante régulière ? Ferdinand l'aimait-il ? L'avait-il jamais aimée ? Comment croire en l'amour de l'autre au milieu de telles ténèbres ?

La situation de Nina était d'autant plus terrible que rien ni personne ne pouvait plus l'éclairer. Le doute la rongeait avec la perversité et l'application d'une tumeur cancéreuse.

Sa détresse dépassait désormais largement la tristesse du deuil et du sentiment d'injustice. Elle assistait, impuissante, à la destruction consciencieuse de son Humanité.

Nina était devenue l'ombre d'elle-même : dépressive, suicidaire.

Elle fit plusieurs tentatives de suicide aux anxiolytiques. Par trois fois, elle ingéra, en une prise, sa prescription hebdomadaire.

Mais son cœur continuait de battre et son souffle refusait de s'éteindre.

Un jour, elle reçut un colis. Elle attendit longtemps avant de l'ouvrir...Il était expédié depuis la France. Les mains tremblantes, elle commença à s'attaquer à la petite boîte en carton. L'enveloppe cartonnée résistait à ses assauts maladroits et elle s'arma d'une paire de ciseaux pointus. Enfin, la protection se déchira. A l'intérieur, elle trouva une petite carte et un amas de papier bulle. Il protégeait efficacement le contenu du colis. Tout en fébrilité, elle coupa les attaches de scotch et déroula le papier bulle. Cela faisait longtemps que Nina ne savait plus pleurer. Elle fondit en larmes.

Ses deux petites mains blanches fines et maladives tremblaient et s'agrippaient aux deux objets. Immédiatement, elles les avait reconnus : le portefeuille et la montre de Ferdinand !

Madame,

Nous nous sommes rencontrés une seule fois, au Maroc, dans de bien tristes circonstances.
Je vous adresse aujourd'hui mes plus sincères condoléances pour la perte de votre mari.
Si certains de mes reportages ont pu vous offenser, je vous prie de bien vouloir accepter mes excuses. Elles sont accompagnées de deux objets qui lui étaient chers et qui je l'espère vous apporteront le réconfort que vous méritez face à une injustice aussi profonde.

J'ai toujours souhaité conserver secrète la trouvaille de ces deux objets. Ils vous appartiennent. Ils renferment une part de votre intimité. Jamais je n'ai ouvert le portefeuille de votre mari par respect pour lui et pour vous.

Nous ne nous connaissons pas mais je sais à quel point vous aimiez votre mari. Cela m'est apparu de manière évidente lors de notre rencontre.

Angelo Fontaine

Nina prit la montre en main. C'était son cadeau de fiançailles à Ferdinand. Elle la retourna doucement et lu Christiana & Ferdinand 21 mai 1994. Ferdinand avait fait graver leurs prénoms et la date de leurs fiançailles au dos, quelques jours après seulement. Emue, elle frissonna en se rappelant cette belle journée de mai à Vienne. Elle revoyait leurs parents, leurs frères et sœurs, sa petite nièce…Puis Ferdinand, si beau et souriant ! L'appartement de ses parents était fleuri à merveille et tous les convives dégustaient du champagne français, le sourire au lèvre. Elle eut l'impression de n'avoir jamais vécu ces instants tant leur souvenir était idéalisé et vaporeux. Un sourire s'esquissa doucement sur ses lèvres. Une larme chaude roula sur sa joue droite. Ce n'était pas une larme de tristesse mais une larme nostalgique et bienveillante qui rejoint doucement la commissure d'un sourire apaisé.

Le temps semblait s'être arrêté.

Nina remarqua que le mécanisme de la montre s'était remis en marche. La trotteuse courait sur l'écran, derrière lequel apparaissait le mécanisme tourbillonnant du garde-temps. La Glasshütte de Ferdinand battait le temps comme un cœur passionné. Celui de Nina battait la chamade.

Le temps avait repris son cours.

Le regard de Nina se porta alors vers le portefeuille en cuir chocolat de Ferdinand. Il était patiné par les années et légèrement déformé. Il avait épousé tant de fois les courbes de la poche arrière de son pantalon. Elle le toucha délicatement et eut la sensation étonnante de caresser son mari. Le grain doux du vieux cuir lui rappelait la complexion agréable de sa peau tannée. Elle ferma les yeux et prit le temps de le caresser, avec douceur. Elle sentit l'odeur de Ferdinand, rassurante et virile. Son odeur était unique. Elle l'aurait reconnue entre mille. Combien de fois avait-elle plongé son visage dans le cou de Ferdinand, inspirant son odeur chaude à grande bouffée ? A peine l'avait-elle inhalée qu'elle se sentait apaisée, en sécurité auprès de l'être cher.

Puis, palpitants, les doigts de Nina se mirent à manipuler le portefeuille et l'ouvrir. Elle avait l'impression de pénétrer dans un sanctuaire. Lieu sacré dédié à la mémoire de son mari. Timidement, elle en retira les cartes plastiques : la vieille carte Visa de Ferdinand, son badge d'accès à son bureau, sa carte de cantine…Rien que de très banal, mais si touchant d'humanité. Du fond d'une pochette, sa main extrait un vieux ticket de métro. Elle le pose religieusement sur ses genoux. Chaque objet est une relique, un témoignage de l'existence de Ferdinand. Enfin, elle met sa main sur de vieilles photos que Ferdinand avait soigneusement découpées afin qu'elles s'adaptent parfaitement à la taille du portefeuille. Une photo de Nina riant sur la plage, les cheveux encore mouillés de sa baignade. Une photo de Maximilian enfant, riant aux éclats avec une petite voiture rouge à la main. Enfin une photo récente, de Ferdinand et Nina, resplendissants à la sortie de la *Musikverein*. C'était à la sortie du concert du nouvel an, en 2019. Ferdinand, en smoking, enlaçait Nina dans sa robe longue noire. Ils rayonnaient d'un amour complice. Au dos de chaque photo, Nina reconnut l'écriture appliquée de Ferdinand. Il écrivait toujours à l'encre noire. Elle lut pensivement :

—*Nina chérie sur la plage d'Amorgos*

—*Maximilian et sa première Alfa Roméo*

—*Joyeuse année 2019, au bras de la femme de ma vie*

Nina fondit de nouveau en larmes. Elle était perdue. Oui elle aimait Ferdinand. Elle l'aimait encore de tout son cœur. Pourquoi douter de son amour alors qu'ils avaient vécu ensemble de si belles et longues années ? Jamais un mari infidèle n'aurait pu conserver de telles photos dans son portefeuille ! Jamais, il n'aurait annoté ces photos avec de si belles légendes.

Comment avait-elle pu donner crédit aux affabulations des médias ; elle qui avait partagé tant de moments d'intimité avec lui ! Jamais, il n'aurait accepté de l'accompagner au Maroc s'il ne l'aimait pas. Jamais il n'aurait insisté pour organiser les vingt-cinq ans de Maximilian et contribuer à en faire une si belle fête familiale. Nina était déçue. Elle était déçue ne pas avoir eu Foi en leur amour. Heureux celui qui a cru sans avoir vu, pensa-t-elle. Croire sans savoir…

Spontanément, Nina enfila la montre de Ferdinand à son poignet et la contempla avec bonheur.

Epuisée par ces émotions, Nina s'endormit, toute habillée sur son sofa. Elle ne se réveilla que dix-huit heures plus tard. Lessivée. Elle se sentait un peu comme une naufragée se réveillant le long d'une berge calme après la tempête dévastatrice. Miraculée. Sa dépression l'avait quittée. Elle sortit se promener dans le centre-ville de Vienne. Portée par une force imprévisible, elle erra plusieurs heures dans les petites rues du premier arrondissement. C'était une errance heureuse et ensoleillée. Arrivée au pied de l'Albertina Museum, elle fut prise d'une envie de culture. Ses pas la menèrent dans les salles de l'exposition permanente. Elle se délecta des peintures de Picasso, Klimt, Monet. Elle s'étonna même d'apprécier les toiles d'Egon Schiele. Sa peinture torturée lui parlait. Elle lui rappelait spontanément ses trois dernières années de souffrance. Elle comprenait que Schiele ait eu besoin d'extérioriser toute sa détresse, avec une telle violence. Elle s'arrêta aussi devant quelques toiles de Rusar. Sa peinture vive et mystique était aussi très marquante mais plus réfléchie. On sentait que Rusar avait intériorisé sa tristesse avant de la rejeter violemment sur la toile. Schiele en comparaison avait tout vomi sur ses tableaux. Lisant la biographie de Rusar, elle fut touchée par la perte de sa femme. Moins brusque qu'un meurtre, la maladie lui sembla tout aussi injuste. Nina ne prolongea pas sa visite à l'Albertina. Elle vivait l'instant présent.

Inconsciemment, ses pas la portèrent sur le perron de l'*Augustiner Kirche*. Elle y pénétra. Elle fut aussitôt saisie par la quiétude de l'édifice. Les travées de l'église jouaient un merveilleux récital de clair-obscur. L'atmosphère y était agréablement fraîche. Quelques fidèles épars priaient en silence. Non pratiquante depuis de longues années, Nina avança dans la nef centrale puis s'assit sur un banc. Elle ne pensait à rien mais contemplait la beauté des vitraux éclairés. Les raies de lumière colorées caressaient les moulures chatoyantes de l'autel. L'odeur de la cire, appliquée sur les bancs et les chaises, rappelait à Nina ses virées à la campagne, jeune fille. Elle resta une demie heure en silence, observant les allers et venues des viennois passés se recueillir.

Du fond de l'église, résonna soudain la mélodie entraînante d'un morceau d'orgue. Nina n'y avait pas fait attention mais plusieurs musiciens s'étaient installés au fond de l'église. C'était certainement une répétition. A Vienne, bien des messes valent des concerts, pensa-t-elle. Elle se plut à écouter les répétitions des musiciens. Cela lui rappela son travail avec joie mais aussi les innombrables sorties au concert ou à l'opéra avec Ferdinand. Maximilian n'avait malheureusement jamais accroché avec la musique classique.

Nina se laissa aller à écouter la répétition. Un instant, elle frissonna. Elle ne comprit pas immédiatement que les musiciens venaient d'entonner la marche nuptiale de Wagner sur laquelle Ferdinand et elle étaient entrés dans l'église, le jour de leur mariage.

Elle eut l'impression d'être enfin en paix avec elle-même. En son for intérieur, elle sentait que son deuil était fait. Les années d'horreur, si proches pourtant, lui semblaient loin derrière elle.

Au fur et à mesure, la musique emplissait son cœur d'une chaleur inédite. Elle brûlait de l'intérieur, comme jamais. Ce feu intérieur lui parut nouveau, très différent de l'amour passionné qu'elle avait éprouvé pour son mari. Il la consumait paisiblement, enveloppée dans une quiétude indescriptible. Soudain, une force inimaginable la poussa à se mettre à genoux et croiser ses mains. Elle ferma les yeux et se mit à prier. Elle n'avait plus prié depuis sa jeunesse. Elle n'était même pas certaine de se souvenir du *Notre Père*. Et pourtant, elle priait dans son cœur, dans une langue inconnue mais immédiatement compréhensible. Elle ne récitait rien, elle écoutait, puis échangeait et discutait avec la force en présence. Elle se redressa subitement, en extase, sans bien comprendre ce qui venait de lui arriver. Elle prononça ses mots :

—N'aie pas peur du lendemain, car le lendemain aura souci de lui-même. A chaque jour suffit sa peine.

Sa misérable existence méritait donc bien un lendemain…

Le mois suivant, Christiana Prenzlauer quitta la vie civile et entra au carmel de Linz.

* * *

Arrivée dans sa cellule, Nina retire son habit. Elle fait un brin de toilette puis s'agenouille au pied de son lit. Elle ferme les yeux et fait le vide. Sa prière embrasse tout d'abord la Création. C'est une prière universelle qui enveloppe l'humanité de son amour et qui rend grâce pour la beauté du monde. Elle reconnaît sa petitesse et fait acte de foi sur le Mystère de la Création.

Puis la prière de Nina se concentre sur ses proches. Elle prie pour les autres sœurs du couvent. Elle leur souhaite de vivre leur vocation dans la foi en faisant abstraction des contingences matérielles et humaines. Elle prie pour que les plus jeunes d'entre elles résistent à la tentation de la chair et que les plus anciennes rejettent le pêché d'une vie acariâtre et renfermée. Puis, elle prie pour Ferdinand, que son âme repose en paix pour l'éternité. Elle prie aussi pour qu'elle puisse le rejoindre, un jour, dans la joie de la vie éternelle. Elle associe Maximilian à sa prière. Elle sait qu'il souffre de la perte de son Père et de l'absence de sa Mère. Elle a conscience d'avoir fui sa responsabilité maternelle. Mais elle n'en avait plus la force. Elle ne pouvait plus vivre dans la société laïque et sa superficialité. Elle s'était sentie aspirée par la vie contemplative et devait remplir ses besoins spirituels pour survivre. Elle prie longuement pour Maximilian qu'elle a abandonné. Elle demande au Seigneur de le protéger et de le guider dans sa vie d'adulte. Elle espère qu'il trouvera l'âme sœur et pourra se reconstruire à ses côtés.

Puis, la prière de Nina s'intensifie. Elle demande au Seigneur de la soutenir, de l'accompagner dans sa démarche. Nina prie pour Othman. Elle le pardonne d'avoir tué Ferdinand. Elle ne comprend pas, mais elle pardonne. Elle souffre avec lui, pleine de compassion. Elle sait qu'il est victime d'égarement, que ses actes sont diaboliques. Elle prie pour le jeune Othman : le bébé, le jeune enfant, l'adolescent. Elle prie pour sa famille qui n'a pas su le sauver. Elle prie pour sa Maman dont il est la chair de la chair. Sa compassion est d'autant plus forte qu'elle sent que Maximilian est lui-même en train de glisser et qu'elle n'y peut plus rien…Nina pleure… Elle demande au Seigneur de la soutenir. Bien qu'isolée, elle sait que l'exécution d'Othman est imminente. Elle ne la souhaite pas. Elle a écrit une lettre au Roi pour demander sa grâce. Elle y affirme lui avoir pardonné. Elle y défend sa Foi en la Vie. Elle y souligne l'interdiction morale de mettre à mort son Prochain même si celui-ci a tué. Elle y expose la grandeur de l'Homme qui dépasse la loi du Talion et ne rend pas coups sur coups. L'Humanité, c'est accepter de rendre à l'Autre sa Dignité alors même qu'il vous l'a prise. C'est considérer que l'Autre est son Prochain alors qu'il vous méprise en étranger. Elle explique au Roi combien elle admire sa position, au croisement entre la Religion et l'Histoire. Elle lui rappelle qu'elle a autant de respect pour chacune des religions monothéistes. Chacune d'elle accompagne ses fidèles dans une vie meilleure. Pour rapprocher chaque religion, elle reprend l'image de la montagne. Chaque religion adore le même Dieu mais emprunte un versant différent de la montagne au sommet duquel Dieu nous aime et nous protège. Elle dénonce les extrémismes religieux et rappelle que chaque religion a connu et connaît des dérives mauvaises. L'islamisme est l'une de ses dérives mais elle est consciente que certains courants chrétiens ou juifs sont également trop extrêmes. Oui, il faut combattre ces extrêmes et veiller au rapprochement des religions. Mais condamner à mort n'est pas combattre le Mal. C'est au contraire accepter notre incapacité à le combattre. Combattre le Mal, c'est Aider. Combattre le Mal, c'est Aimer. Nina se signe et se met au lit. Elle a du mal à s'endormir et pense à Maximilian, son fils. Elle veille sur lui, triste et résignée.

CHAPITRE XXVII – La petite paille virevolte

La petite paille virevolte dans les mains agiles de Maximilian. Elle tourne, saute, rebondit. Elle s'immobilise sur la table basse. Ses doigts fins et diaphanes la saisissent pour de nouvelles acrobaties. Maximilian joue avec la paille pendant une dizaine de minutes. Il trouve le temps long. Il tremble légèrement, fébrile.

Il se penche et ouvre un petit coffret en bois, finement marqueté. Sa mère lui a donné, lors de la vente de l'appartement de Vienne. Elle lui a tout donné. Il a pris ce qu'il pouvait et a tout déménagé à Berlin, dans son nouvel appartement, pour sa nouvelle vie.

Dans le coffret, il récupère un petit sachet en plastique et le fixe amèrement des yeux. Le soleil brille en ce début d'après-midi.

Une belle journée berlinoise se profile. Enfin, l'horloge sonne trois heures.

—Ahhh…qu'est-ce que c'est bon ! grogne Maximilian.

Il s'affale dans le sofa et rejette d'une pichenette la petite paille encore imprégnée de poudre blanche. Cela fait trois ans que Maximilian sniffe de la cocaïne. Il carbure à trois ou quatre prises par jour. Une le matin, une à trois heures et une le soir. Lorsqu'il sort en soirée, il en prend une quatrième. Il sort fréquemment ; les nuits berlinoises sont si animées. Il part souvent s'épuiser en piste lors d'interminables performances de musique électronique. Il saute au milieu de la foule, le poing levé. Il ne pense à rien. Son corps se défoule ; sa tête se vide. A mi-parcours, il relance la machine en gobant une pilule d'ecstasy. Il a remplacé l'alcool par les boissons énergisantes.

Maximilian n'exerce plus aucune activité. Il a terminé ses études peu après la mort de son père et a commencé à travailler dans une banque autrichienne, comme son père. Très vite, il a jeté l'éponge. Il n'avait pas la flamme. Le monde codifié et poussiéreux des institutions financières autrichiennes n'était pas fait pour lui. S'il n'avait pas perdu son père, il en aurait peut-être été autrement.

Sa vie avait basculé une seconde fois lorsque sa mère lui apprit qu'elle désirait embrasser la vie religieuse. Etonnamment, la perte de Ferdinand aurait pu les rapprocher mais ce ne fut pas le cas. Nina était devenue dépressive et avait tendance à éviter son fils. Il ne se souvenait pas avoir étreint sa mère depuis la mort de son père. Ni même avoir eu une discussion poussée avec elle. Et puis, elle avait eu la révélation et s'était retirée de ce monde…En égoïste.

Il n'avaient presque plus aucun contact. Sa mère lui écrivait deux fois par an pour Noël et son anniversaire. Une fois, elle lui avait envoyé une photo d'elle en habit. Il l'avait à peine reconnue. Ses cheveux étaient masqués par son voile. Son visage était creusé. Ses traits tirés. Seul son regard irradiait. Ses yeux bleus perçaient la photo d'une lueur puissante. Maximilian se sentit immédiatement mal à l'aise et déchira la photo. Il ne lui avait jamais répondu. Elle l'avait abandonné. Lui qui avait tant besoin de son affection et de son soutien.

Maximilian avait alors quitté Vienne pour changer de vie. Berlin et son activité trépidante lui parut idéale. Il y acheta un loft spacieux et lumineux. Il avait hérité de la fortune confortable de son père et sa mère lui avait aussi donné ses biens avant de faire vœu de pauvreté. Il n'avait pas besoin de travailler pour vivre.

Maximilian avait coupé les ponts avec la plupart de ses amis viennois. Il n'avait pas cherché à se créer une nouvelle vie sociale a Berlin. Il était devenu incapable de s'impliquer dans une quelconque activité de groupe. Il fuyait les restaurants et bars. Il ne savait plus s'engager à l'avance. Il déclinait souvent, à la dernière minute, ses rares invitations. Il était effrayé par l'effort de sociabilisation à fournir. Préférant ne pas simuler, il vivait en misanthrope. Ses rares relations étaient purement mondaines : d'autres jeunes friqués amateurs de coke et de musique électronique. Il en accueillait parfois dans son loft, en *after-party*, pour des agapes déshumanisées. Apathiques, ils célébraient ensemble le néant de leur existence.

Maximilian en profitait parfois pour coucher avec une inconnue, honorée de satisfaire les besoins du maître de maison. Cela faisait longtemps qu'il ne prenait plus la peine de noter leur numéro de téléphone.

Parfois, dans ses délires de cocaïnomane, Maximilian rêvait de la vie. Il partageait des moments heureux. Il était plein d'énergie. Il était passionné par des sujets ou des événements. Il exerçait sa liberté de vivre.

Puis le « high » retombait et ses pensées redevenaient fades, voire vides. Il assistait, impuissant, à sa décrépitude. Il se demandait s'il saurait se ressaisir, un jour. Mais par où commencer ?

Au fond de lui, il gardait l'espoir d'un renouveau. Mais son heure n'était pas encore venue. Il acceptait avec résignation de porter le deuil de ses deux parents.

CHAPITRE XXVIII – Malik ajuste sa cravate

Malik ajuste sa cravate avec précision. Il a enfilé son plus beau costume : le bleu marine pendu dans une housse. Après avoir finalisé son nœud de cravate, il saisit sa bouteille d'eau de toilette et en pulvérise quelques pressions autour de lui. Il parachève sa préparation en lissant méticuleusement sa moustache. Une fois prêt, il sort de chez lui et allume une cigarette. D'un pas léger, il rejoint sa voiture garée un bloc plus loin et démarre.

La route est plutôt dégagée et Malik sifflote au volant, d'étonnante bonne humeur pour qui connaît le personnage. Tant par respect des traditions que pour se délier la langue, Malik se permet néanmoins d'assaisonner quelques chauffeurs de petit taxi pas assez prompts au démarrage à son goût.

Premier feu : « Démarre, fils de chameau ! », second feu : « Avance, pigeon farci ! », troisième feu : « Roule, chacal puant ! »

Bien en jambe, Malik avale le bitume à vive allure. Après une dizaine de minutes de pilotage, il arrive devant un bâtiment officiel, ralentit et sourit au planton. Il lui découvre ses canines et sa plaque de flic. Le garde-barrière soulève l'obstacle rouge et blanc et lui fait signe de passer. Malik redémarre en trombe, jaillit dans la cour et donne un coup de frein à main. Il éteint le contact et sort du véhicule.

Il emprunte un passage tortueux entre deux bâtiments. A l'issue du passage, il accède à une seconde cour. Le soleil cogne sévèrement et la lumière se réverbère intensément sur la pierre des bâtiments. « Belle journée, pour un lundi », songe-t-il. Dans la cour, plusieurs militaires en uniforme échangent doucement entre eux. Il s'en approche et les salue un à un. Puis, ils attendent plusieurs minutes en silence. Malik est patient. Il ne regarde sa montre que deux fois. Il n'allume pas de cigarette.

Enfin, un officier sonne le clairon. Une colonne de militaires en armes entre dans la cour. Ils marchent au pas et encadrent Othman, impassible. Malik le fixe calmement. Arrivés au pied de l'un des murs de la cour, un soldat lui couvre les yeux. Ses mains sont liées. Il ne réagit pas. Il ne dit pas un mot. Malik ne cesse de le fixer. Pompeusement, l'officier prend la parole et scande : « Présentez armes…Armez…Feu. » Le corps d'Othman s'effondre, un filet de sang rouge écarlate s'écoule sur le sable blanc. Malik esquisse un sourire et repart aussi promptement. Il est satisfait qu'Othman ait été condamné à la peine capitale et que la sentence ait été exécutée aussi rapidement. La justice a été rendue. Bien que très rarement appliquée, la peine de mort était encore employée pour exécuter les islamistes les plus radicaux. Malik n'avait aucun doute sur la validité et le bien-fondé de cette exécution. Sa haine féroce des islamistes et la culpabilité avérée d'Othman dans l'égorgement d'au moins trois occidentaux suffisaient largement à justifier la peine capitale. Aucune compassion, aucune compromission pour de tels monstres. Il avait entendu parler de la demande de grâce envoyée par Christiana Prenzlauer au Roi et il espérait du plus profond de son cœur que cette demande n'aboutirait pas. L'épouse de Ferdinand Prenzlauer avait probablement perdu la raison depuis son drame familial. Il était incompréhensible de ne pas souhaiter la disparition du meurtrier de son mari.

Malik avait arrangé son emploi du temps pour assister à l'exécution. Il ne travaillerait pas le reste de la journée car un tel événement était à marquer d'une pierre blanche. L'éradication d'une bête infâme de la planète Terre.

Malik avait prévu d'inviter sa femme à déjeuner dans un restaurant huppé de la palmeraie puis d'aller se promener avec elle à la Ménara. Une belle journée en perspective pour fêter sa promotion dans l'unité d'élite en charge des dossiers islamistes.

Il prenait du galon et serait amené à travailler avec Interpol dans le cadre de sa coopération avec le royaume marocain. Sans nostalgie aucune, Malik quittait le menu fretin pour pénétrer les hautes sphères. Il était heureux de faire une croix sur la médiocrité des affaires de petite délinquance. Ce nouveau poste le remettait en selle et donnait de la cohérence à son projet professionnel qui convergeait enfin vers son idéal humain de tolérance et de bienveillance.

Quelques minutes plus tard, il trinquait avec Madame Malik à leur nouvelle vie et à l'éradication de leurs ennemis barbus.

VOLET IV

« *La fleur de l'illusion produit le fruit de la réalité.* »

Paul Claudel - Journal

CHAPITRE XXIX – Incidence & Confidence

Angelo rentre chez lui, claque la porte et se jette sur le sofa en cuir. Il attrape la télécommande et appuie sur le bouton 5. C'est l'heure d'*Incidence & Confidence*, son émission cinéma favorite.

Conformément à la tradition télévisuelle, le début de l'émission est en retard ; avec quelques pages de publicité à la clé pour les téléspectateurs les plus assidus.

Un quadragénaire, bien habillé, sort d'une maison et marche jusqu'à sa voiture. Il grimpe à l'intérieur et chausse une paire de lunettes digitales. Après une courte manipulation, la voiture démarre. Le véhicule roule tout seul et le conduit en sécurité jusqu'au centre-ville. Durant le trajet, il en profite pour réserver un week-end pour deux à Venise. La voiture le dépose au pied d'un restaurant italien avant d'aller se garer, toujours toute seul, un bloc plus loin. Pendant le créneau, l'homme retrouve sa future conquête dans le restaurant. Une voix masculine, pleine d'assurance, déclame alors le slogan : *« Faites confiance à Trust Car pour vous conduire à votre prochain rencard. »*

Angelo sourit.

Une belle femme blonde rentre chez elle. Elle laisse tomber sa robe fuselée dans la chambre puis retire ses sous-vêtements tout en déambulant dans l'appartement. Elle arrive dans la salle de bain et s'installe sous une douche lumineuse. L'image s'éloigne doucement et montre l'eau s'écouler le long de ses formes parfaites. L'image continue de s'éloigner et un homme apparaît dans le champ, probablement son compagnon. Il ne s'arrête pas pour la saluer, ni la contempler. Il pénètre dans la cuisine et décapsule une bouteille de bière pour se désaltérer. Une voix féminine, sensuelle à souhait, énonce suavement le nom de la bière : *« Golden Bière, la seule vraie blonde qui désaltère. »*

Angelo sourit de nouveau. Puis, sans transition, le générique d'*Incidence & Confidence* commence enfin.

Patrice Rotary de Guérande (présentateur d'Incidence & Confidence) :

Chères téléspectatrices, chers téléspectateurs, amis cinéphiles, Bonsoir ! Ce soir, sur le plateau d'*Incidence & Confidence*, nous avons l'immense plaisir d'accueillir Axel Roques, l'auteur réalisateur du magnifique film *Crois-tu qu'il t'aime ?*, sélectionné puis récompensé dans la catégorie « un certain regard » du festival de Cannes.

Axel, nous sommes gâtés car vous êtes venus accompagnés des trois acteurs principaux de votre film, Karen Viala qui a merveilleusement interprété Nina Prenzlauer, Thomas Durite alias Angelo et Djamel Alami pour le commissaire Malik. Nous vous remercions très chaleureusement d'être ici parmi nous !
Vous connaissez tous les quatre bien le principe de notre émission : on répond à toutes les questions et s'il-vous-plait avec franchise et confidence !

Axel, avez-vous voulu donner une portée politique à votre film ?

Axel Roques (auteur réalisateur de *Crois-tu qu'il t'aime ?*) :
Non, pas intentionnellement. Mais il a celle que vous voudrez bien lui donner. Je vais être plus clair : la politique ne m'intéresse pas mais elle me préoccupe. *Crois-tu qu'il t'aime ?* n'est pas un film politique et le sujet n'est évoqué qu'en arrière-plan, de manière subjective et partielle. La politique n'a pas vocation à occuper le devant de la scène chez moi. Ce sont les hommes, leur ressenti, leurs évolutions en milieu hostile qui m'importent. Pas la politique.

Je pense que le message politique que certains spectateurs croient trouver dans le film n'est pas du tout celui que je donnerais si j'étais engagé politiquement… J'instrumentalise certains enjeux pour planter le décor, je ne cherche absolument pas à retranscrire et objectiver mon opinion politique. Pour être franc avec vous, ce serait beaucoup trop compliqué et ennuyeux !

Patrice Rotary de Guérande :

Ah ! Merci pour votre franchise, Axel ! Vous avez bien compris le concept de notre émission : *Incidence & Confidence* ! A mon tour d'être direct : pourquoi donner une interprétation si triste des destinées humaines dans votre film ?

Axel Roques :

Et bien, quelle question ! Je vais tâcher d'y répondre.

Certes, l'intrigue centrale est d'une extrême violence. Effectivement, Ferdinand Prenzlauer est kidnappé puis exécuté avec barbarie, sans aucune note d'espoir, ni élément apaisant. De ce point de vue là, vous avez raison. Je n'ai voulu aucune compromission. Pas de happy-end !

Il ne faut pas se voiler la face : l'existence de certaines personnes sur notre planète est aussi absurde que celle de Prenzlauer. C'est ainsi.

Je n'ai malheureusement pas caricaturé le monde. Je me suis focalisé sur un épisode extrême. Ce film est un zoom qui dérange. L'intrigue n'est pas représentative du monde dans sa moyenne mais elle est fortement représentative d'une réalité extrême.

Vous avez peut-être ressenti un certain malaise mais c'est cette réalité crue que j'ai voulue exploiter comme ingrédient principal de mon film.

Cependant, je ne suis pas d'accord avec le fait que mon film soit fondamentalement une œuvre triste !

J'espère sincèrement que les spectateurs y ont pioché des éléments de sensation ou de réflexion qui leur ont plu. J'espère qu'ils ont pris plaisir à nous visionner, que nous leur avons extirpé un sourire ou deux, qu'un monologue les a amusés, qu'une image les a détendus….Si c'est le cas c'est déjà satisfaisant !

Et pour ne rien vous cacher, nous avons passé de très bons moments sur le tournage. De nombreuses scènes sont amusantes, pleines de second degré. J'espère que les cinéphiles avertis ont goûté ces moments-là !

Patrice Rotary de Guérande :
Quel message, avez-vous finalement voulu passer aux spectateurs ?

Axel Roques :
La perception de l'intrigue par le spectateur est, je l'espère, plus subtile qu'un simple message linéaire.

Mon film n'apporte pas de thèse existentielle construite. Malheureusement, il n'est pas clé en main ! Cette approche me semble la seule réellement honnête pour rendre compte de la complexité de nos vies et de notre monde.

Ce film est un kaléidoscope dans lequel des destins, étrangers entre eux à l'origine, se croisent lors d'un événement tragique et destructeur. Après le meurtre de Ferdinand, chacun reprend son existence parallèle, plus paisible en apparence mais néanmoins marquée à jamais.

Ma thèse est indéfinie, non identifiée. Le fil de ma pensée est variable et oscillant comme le sont nos existences.

Ce que j'ai voulu transmettre, c'est à quel point l'homme est devenu trop rationnel pour son environnement.

Le positivisme est un dysfonctionnement central de la nature humaine. Il me semble fondamentalement incompatible avec notre immersion dans une réalité mouvante et souvent inexplicable.

Finalement, *Crois-tu qu'il t'aime ?* illustre les limites de la réflexion cartésienne. Il montre à quel point celles-ci sont atteintes bien plus vite que ce que notre société moderne veut nous faire croire.

Je ne renie pas, bien sûr, la valeur du progrès mais n'est-il pas flagrant que les questions existentielles du hasard, de la finitude ou de la place de l'humanité dans l'univers nous dépassent de manière ultime ?

Dans sa quête de sérénité ou de spiritualité, l'Homme doit accepter de ne pas trop réfléchir car, in fine, il se heurtera à des incompréhensions supérieures à ses facultés mentales. Il doit se laisser porter, ne pas chercher à maîtriser l'avenir.

La foi dans la vie est avant tout une manifestation de la spontanéité humaine. Pour croire, il faut arrêter de comprendre.

Mais attention, mon discours n'est pas celui d'un hippie illuminé. Je ne prône pas le *Peace and Love* à tout va.

Pour moi, le monde est avant tout sauvage.

Ne voyez-vous pas ? Les éternels conflits, la montée des extrêmes, l'urbanisation incontrôlable et destructrice, la succession de catastrophes naturelles dévastatrices ? Oui, le monde est sauvage et seule l'animalité peut permettre à l'Homme de se défendre…

La beauté de notre monde est dans la spontanéité. Je veux dire, par ces termes, que l'Homme puise l'énergie de sa survie dans son animalité.

L'Homme doit être capable de se défendre pour survivre. Gandhi n'a-t-il pas dit : « Là où il n'y a le choix qu'entre lâcheté et violence, je conseillerai la violence » ? Oui, pour survivre, l'Homme doit savoir être violent, animal.

Pour moi, la féminité et la virilité sont également des manifestations profondes de notre animalité. L'attirance physique réciproque entre Charline et Angelo n'est pas uniquement raisonnée. Elle est charnelle, instinctive. Elle répond autant à la pulsion animale qu'à l'attirance intellectuelle de l'un pour l'autre. Dans un passage,

Angelo concède son désir charnel de faire un enfant à Charline, comme un besoin animal de perpétuer l'espèce.

Voilà ce que les spectateurs ont ressenti au fond d'eux même, Patrice Rotary de Guérande ! Un regard spontané et attendri sur le cœur mis à nu de bêtes sauvages…

Patrice Rotary de Guérande :

Et bien, Axel ! Pour ne rien vous cacher, je ne m'attendais pas à un tel morceau de bravoure. Mais c'est bien ce qui fait le charme *d'Incidence & Confidence* ! Ce soir nous sommes servis !

Désolé de vous bousculer, Axel, mais pensez-vous vraiment que les spectateurs soient tous allés aussi loin dans la réflexion ?

Axel Roques :

Je ne suis pas à la place des spectateurs, Patrice, mais mon vœu le plus cher est que chacun d'entre eux ait pu vivre intensément la projection.

J'espère que leur cœur a battu, que des larmes ont coulé, que des mains sont devenues moites, que leur regard a été illuminé, qu'un sourire est venu embellir leur visage.

C'est cela l'Art, c'est cela le Cinéma : un précipité de vie !

Pour ne rien vous cacher, je suis très fier que *Crois-tu qu'il t'aime ?* ait été récompensé du Prix *un certain regard* car c'est exactement ce que je voulais apporter : un certain regard déclenchant un frisson de vie.

Patrice Rotary de Guérande :

Merci, Axel. C'est vraiment passionnant. Je pense que suite à vos explications truculentes je vais courir revoir le film… Et je ne serai certainement pas le seul !

Sur une note un peu plus légère, il est temps, désormais, de donner la parole aux acteurs !

Thomas, qu'est-ce qui vous a le plus intéressé dans l'interprétation du personnage d'Angelo ?

Thomas Durite (interprète d'Angelo) :

Ce qui m'a profondément plu dans le personnage d'Angelo, c'est son côté héros romantique, à la frontière entre l'intellectuel et l'homme d'action. Pour reprendre le propos d'Axel, Angelo est un jeune homme spontané, audacieux, bouillonnant d'énergie.

J'apprécie son caractère indépendant et passionné. Il trace son chemin en dehors des sentiers battus par les autres jeunes de sa génération.

C'est peut-être anecdotique mais j'apprécie sa résistance face à l'intrusion croissante des technologies de communication et de l'information. Il garde une distance clairvoyante face aux sur-sollicitations permanentes du téléphone portable et au risque de surmédiatisation.

Dans un monde hyper connecté, Angelo sait appuyer sur le bouton *off* et prendre le recul nécessaire à la réalisation de sa libre volonté. Il est maître de l'action ; en pleine conscience.

Pour moi, Angelo combine la sagacité du journaliste d'investigation « à l'ancienne » avec la maîtrise des outils modernes de communication.

Et enfin, il a un côté fougueux et indomptable dans sa relation avec les femmes qui me le rend extrêmement sympathique…

Patrice Rotary de Guérande :

Ça chauffe sur le plateau d'*Incidence & Confidence* ! Merci Thomas, pour votre sincérité.

Quelle a été la scène la plus complexe à jouer selon vous ?

Thomas Durite :

Sans hésitation, le dialogue avec le commissaire Malik…Nous avons refait des dizaines de prises…J'étais mort de rire, incapable de regarder Djamel en face.

Il faut dire que le commissaire Malik en tient une sacrée couche.

Patrice Rotary de Guérande :

Justement, Djamel Alami ou plutôt devrais-je dire commissaire Malik, n'avez-vous pas eu l'impression de surjouer l'officier de police bourru et caractériel ?

Djamel Alami (interprète du commissaire Malik) :

C'est vrai que je me suis bien amusé. Le commissaire Malik est avant tout un personnage comique. Il est toujours dans l'exagération.

Même si certains thèmes évoqués autour de son personnage semblent graves, j'espère que le rire l'a emporté.

Attention, je ne veux pas dire que les thèmes de la bavure policière ou de la corruption des fonctionnaires au Maroc ne sont pas de réels sujets de préoccupation. C'est bien évidemment le cas. Mais comme l'a si bien précisé Axel, nous ne sommes pas là pour faire de la politique.

Nous avons voulu aiguillonner le public, le pousser dans ses retranchements.

Malik est un personnage comique dont l'apparition à l'écran détend l'atmosphère. Il est la soupape de décompression du film. Il est vulgaire, n'a pas d'idéal et une sensibilité très réduite. Son personnage est clownesque et vous force à rire.

Mais soyons bien clair, ce rire forcé est un brin pathétique car l'on se gausse de la vulgarité pour se détendre de la barbarie. Tout ceci dans une salle obscure. Ni vu, ni connu.

Patrice Rotary de Guérande :
Merci Djamel pour votre analyse fine des ressorts du rire dans le film.

Enfin, nous avons gardé la meilleure pour la fin : Karen, vous incarnez Nina Prenzlauer avec une élégance et un brio remarquables ! Je n'ai qu'une question évidemment : *Crois-tu qu'il t'aime* ?

Karen Viala (interprète de Nina Prenzlauer) :

Je l'espère profondément même si la question reste ouverte…

J'aime beaucoup le titre qu'Axel a choisi pour son film. C'est une question désarmante de simplicité mais qui appelle une réponse extrêmement engageante. Bien qu'apparemment fermée et simple, elle insinue une forme de doute.

Personne n'a envie de répondre « Non ». Et inversement, répondre « Oui » entretient l'ambiguïté. Nul ne peut connaître objectivement l'affect de l'autre, aussi proche soit-il.

Dans le film, cette question s'adresse, en premier lieu, à Nina. Ce que vit Nina est terrible : elle perd l'être aimé dans d'atroces circonstances. Mais surtout, le doute d'avoir été trompée s'installe en elle. Quelle solitude vertigineuse !

Mais le titre qu'Axel a choisi a une portée bien plus ambitieuse. Il énonce une interrogation universelle adressée frontalement à chacun d'entre nous : *Crois-tu qu'il t'aime ?* Sous-entendu, ton prochain.

Le doute est immense : que penser des extrémismes, des incessantes barbaries ?

Mais aussi, que penser de l'inconstance d'Angelo dans ses amours ? L'amour temporaire n'est-il pas mensonger ?

Patrice Rotary de Guérande, je vous retourne la question : *Crois-tu qu'il t'aime* ?

L'amour, la confiance, la bienveillance ne sont-ils pas des chimères ?

Et si c'est le cas, où allez-vous ?

La réponse finale de Nina à ce questionnement existentiel est absolument admirable.

La seule certitude concerne la sincérité de l'amour qu'elle porte aux autres. Se demander si les autres l'aiment ou l'ont aimé est humain mais profondément égocentrique. Savoir donner son amour sans compter permet de recevoir l'amour de son prochain sans en douter.

Et si parfois, cet amour fait défaut, alors cela vient confirmer l'humanité de notre prochain et ne peut que renforcer notre amour pour lui. C'est la compassion envers l'autre : tout comme nous, il est faillible et pêcheur, tout comme nous, il subit le mystère profond de sa raison d'être.

Patrice Rotary de Guérande :

Merci Karen pour cette réponse profonde et rafraîchissante.

Patrice Rotary de Guérande :

Un immense merci à vous quatre pour avoir illuminé le plateau d'*Incidence & Confidence* ce soir. Et traditionnellement dans notre émission, une dernière question adressée à chacun d'entre vous. Quelle est la meilleure réplique du film selon vous ?

Karen Viala :

« *Le destin était décidément une notion bien étrange mêlant indistinctement hasard, volonté et chance et redistribuant sans cesse les cartes de la vie.* »

Djamel Alami :

« *Quand les hommes prennent le raccourci de la Guerre, l'Art devient le meilleur détour vers la Paix.* »

Thomas Durite :

« *La bêtise est contagieuse et l'intelligence récessive.* »

Axel Roques :

« *Crois-tu qu'il t'aime ?* »

* * *

Dépôt Légal

ISBN : 978-2-9550086-1-4

EAN : 9782955008614

Date de finition : Août 2014

Date de parution : Décembre 2014

Copyright auteur : 00054090

Editeur : Alerte Editions

www.ingramcontent.com/pod-product-compliance
Lightning Source LLC
Chambersburg PA
CBHW071500170626
46811CB00007B/2657